Mischa Martini

CODEX MOSEL

Verlag
Michael
Weyand

Mischa Martini

CODEX MOSEL

Verlag
Michael
Weyand

Lektorat: Gabriele Belker, Birgit Weyand

Dank für Beratung und wertvolle Tipps an:
Marie-Therese Frigerio, Dr. Hans-Joachim Kann,
Dr. Randolf Körzel, Dr. Matthias Lazzaro

Satz: Verlag Michael Weyand GmbH, Trier
Druck und Bindung: Clausen & Bosse, Leck
Titel: Bob, Trier

ISBN 3-935 281-44-7

Personen und Handlungen
sind frei erfunden.

Ähnlichkeiten mit
Verhaltensweisen von Menschen
an der Mosel und anderswo
sind zufällig,
mitunter unvermeidlich

Ich danke Andrea Camilleri, Patricia Cornwell, Anne Holt, Henning Mankell, Jacques Berndorf, Hakan Nesser und ihren Kolleginnen und Kollegen für ihre Anregungen, die einige der in diesem Buch agierenden Romanfiguren zu überraschenden Handlungen inspiriert haben.

Trier, Innenstadt

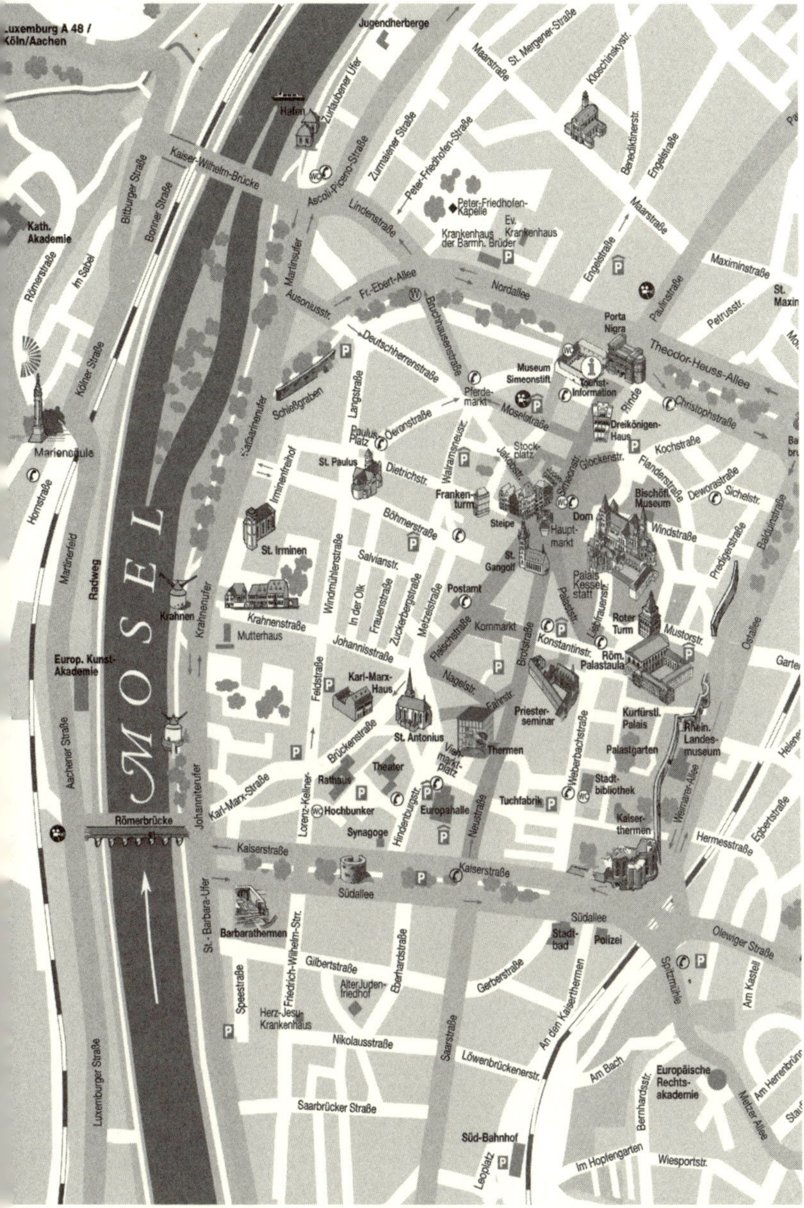
Luxemburg A 48 /
Köln/Aachen
Jugendherberge
Hafen
Zurlaubener Ufer
Kaiser-Wilhelm-Brücke
Ascoli-Piceno-Straße
Zurmaiener Straße
Peter-Friedhofen-Straße
Maarstraße
St. Mergener-Straße
Kloschinskystr.
Benediktinerstr.
Engelstraße
Peter-Friedhofen-Kapelle
Ev. Krankenhaus
Krankenhaus der Barmh. Brüder
Lindenstraße
Martinsufer
Bitburger Straße
Bonner Straße
Kath. Akademie
Römerstraße
Im Sabel
Kölner Straße
Mariensäule
Hornstraße
Martinerfeld
Radweg
Fr.-Ebert-Allee
Ausoniusstr.
Nordallee
Bruchhausenstraße
Deutschherrenstraße
Schießgraben
Langstraße
Maximinstraße
Paulinstraße
Petrusstr.
Porta Nigra
Museum Simeonstift
Tourist-Information
Theodor-Heuss-Allee
Christophstraße
Pferdemarkt
Moselstraße
Rinde
Dreikönigen-Haus
Paulus-Platz
Öerenstraße
Walramsneustr.
Stockplatz
Jakobstr.
Simeonstr.
Glockenstr.
Kochstraße
Flanderstraße
Dewora straße
Sichelstr.
St. Paulus
Dietrichstr.
Irminenfreihof
Frankenturm
Steipe
Dom
Bischöfl. Museum
Hauptmarkt
Windstraße
Predigerstraße
Balduinstraße
Böhmerstraße
Katharinenufer
St. Irminen
MOSEL
Salvianstr.
Windmühlenstraße
In der Olk
Frauenstraße
Zuckerbergstraße
Metzelstraße
Postamt
St. Gangolf
Palais Kesselstatt
Liebfrauenstr.
Palaststr.
Roter Turm
Mustorstr.
Krahnen
Krahnenufer
Krahnenstraße
Mutterhaus
Johannisstraße
Kornmarkt
Fleischstraße
Brotstraße
Konstantinstr.
Röm. Palastaula
Ostallee
Europ. Kunst-Akademie
Feldstraße
Karl-Marx-Haus
Nagelstr.
Fahrstr.
Priesterseminar
Kurfürstl. Palais
Rhein. Landesmuseum
Aachener Straße
St. Antonius
Brückenstraße
Viehmarktplatz
Thermen
Palastgarten
Weberbachstraße
Theater
Rathaus
Karl-Marx-Straße
Lorenz-Kellner-Str.
Hochbunker
Hindenburgstr.
Europahalle
Tuchfabrik
Stadtbibliothek
Weimarer-Allee
Johanniterufer
Römerbrücke
Synagoge
Neustraße
Kaiserthermen
Hermesstraße
Egbertstraße
Kaiserstraße
Südallee
St.-Barbara-Ufer
Barbarathermen
Friedrich-Wilhelm-Str.
Eberhardstraße
Stadtbad
Polizei
Oleviger Straße
Gilbertstraße
Alter Judenfriedhof
Gerberstraße
An den Kaiserthermen
Spitzmühle
Am Kastell
Speestraße
Herz-Jesu-Krankenhaus
Nikolausstraße
Saarstraße
Löwenbrückenerstr.
Am Bach
Europäische Rechtsakademie
Bernhardsstr.
Am Herrenbrünnchen
Luxemburger Straße
Saarbrücker Straße
Süd-Bahnhof
Leoplatz
Im Hopfengarten
Wiesportstr.
Mattheiser Allee
Helenenberg
Garten
St. Maxim

Montag

In dem Moment, als Bernard den Ton lauter stellte, wusste er, dass er damit das Leben des Gärtners da draußen in höchste Gefahr brachte.

Die Verbretterung des ehemaligen Kutscherhauses war alles andere als dicht. Das hatten die unangenehmen Nächte bewiesen, in denen der Wind die Kälte durch die Ritzen bis in Bernards arthritische Knochen getrieben hatte. Obendrein wehte durch die offene Luke im Boden unablässig Zugluft herauf.

Neben dem Abendgesang der Vögel vernahm Bernard das durch die hohen Mauern gedämpfte Brausen des Stadtverkehrs. Jeder Zug der Astsäge und jeder Schnitt der Heckenschere aus dem Garten der Kurie klang hier oben ganz nah. Ebenso konnten auch umgekehrt alle Geräusche von hier hinaus zu dem muskulösen Gärtner mit dem Dreitagebart dringen, der längst Feierabend haben sollte.

Aber es half nichts, die Kopfhörer gaben keinen Ton mehr von sich. Bernard zog den kleinen Stecker heraus und legte ein Ohr auf den staubigen Lautsprecher, um das Telefonat aus dem zwanzig Meter entfernten Kurienhaus mit den großen Fensterläden zu belauschen.

»... brauchen die Daten umgehend, sofort, auf der Stelle, der Katalog muss in drei Tagen ...« Der Tonfall des Domkapitulars war aufs Äußerste fordernd.

Eine fremde Stimme unterbrach ihn: »Ich habe in der Schweiz angerufen. Die CD ist in der Post.«

»Was soll das heißen?«

»Die haben die CD gestern losgeschickt.«

»Und es gibt keine Kopie?«

»Haben Sie denn keine?«

»Würde ich Sie dann danach fragen?« Der Domkapitular schrie.

Bernard drehte den Ton zurück. Vom Garten her war nichts zu hören. Notgedrungen wandte er sich von dem Gerät ab. Er brauchte eine Weile, bis er durch die Ritzen der spitzen Giebelwand den Gärtner entdeckte, der in einem von der untergehenden Sonne beschienenen Dreieck auf der Rasenfläche stand und sich über dem offenen Tabaksbeutel eine Zigarette drehte.

Noch vor ein paar Monaten hätte Bernard in diesem Moment abgebrochen. Aber der Druck war so enorm gewachsen, dass ihm keine Wahl blieb.

»Können Sie die drei Bilder neu aufnehmen?«, tönte die Stimme des Fremden aus dem Gerät.

»Wie soll ich das denn machen? Die liegen fix und fertig in den Vitrinen der Domschatzkammer, hinter Panzerglas und alarmgesichert. Da müsste ich zuerst einmal den gesamten Dom räumen lassen. Der Bischof wäre begeistert.«

Ein paar Sekunden Stille folgten. Bernard dachte, nun habe auch der Lautsprecher den Geist aufgegeben.

»Und in der Nacht? Da ist der Dom doch sicher geschlossen?«

Wieder blieb es einige Sekunden lang still.

»Können Sie mir einen Fotografen schicken?«, fragte der Domkapitular.

»Wann soll er da sein?«

»Da muss ich noch einiges vorher abklären, mit der Polizei und so weiter. Ich denke mal, etwa um Mitternacht!«

»Heute? Von München aus? Wie stellen Sie sich das denn vor?«, entrüstete sich die fremde Stimme.

»Ach, lecken Sie mich doch!« Es knackte im Lautsprecher.

Bernard blieb keine Zeit, sich über die letzte Bemerkung des verärgerten Domkapitulars zu wundern. Unter ihm wurde die Tür des Schuppens aufgedrückt. Er griff vorsichtig nach einem dicken Holzknüppel.

Unten wurde scheppernd das Werkzeug abgestellt. Dann war es ruhig.

Wolken schoben sich vor die Sonne. Der Dachboden des Kutscherhauses wurde in graues Dämmerlicht getaucht.

Als erstes nahm Bernard, der neben der offenen Luke am Boden kauerte, den Zigarettenrauch wahr. Dann erschien ein dunkler Haarschopf neben der Leiter. Noch während der Gärtner Schulter und Kopf in Bernards Richtung drehte, traf ihn der mit großer Wucht geschwungene dicke Holzstiel in Höhe des Ohrs und verursachte dort ein ekelhaft knackendes Geräusch.

Wie eine an den Schnüren gekappte Marionette sackte der Mann zusammen. Kaum war er aus Bernards Sichtfeld verschwunden, prallte der Körper unten auf. Bernard behielt den Knüppel in der Hand, als er die Leiter hinunterstieg. Von der untersten Sprosse hievte er seinen rechten Fuß über den schlaffen Körper des Gärtners. Ein Unterschenkel mit einem halbhohen Schnürschuh stand in einer unnatürlichen Haltung vom Körper ab. Die dunklen

Haare klebten nass am Ohr. Bernard konnte nicht erkennen, ob das Blut aus dem Gehörgang oder von äußeren Verletzungen am Ohr und der Kopfhaut stammte. Er beugte sich nach vorn und tastete nach der Halsschlagader. Die Haut war warm und feucht. Er fand keinen Puls.

*

Das Pflaster der Predigerstraße glänzte im Licht der hoch oben von der Mauer strahlenden Laterne. Edith hatte ihre Ausrüstung aus dem Kofferraum geladen und überlegte, ob ihr dicht an der mit knorrigem Efeugehölz überwucherten Wand geparkter Wagen anderen Autos den Weg versperren könnte. Zu dieser späten Stunde war es eher unwahrscheinlich, ob überhaupt noch jemand in die enge Gasse des Domviertels kommen würde. Sie schloss den Wagen ab, legte sich den Riemen der Ledertasche über die Schulter, klemmte das Stativ unter einen Arm und fasste nach den Griffen der beiden Aluminiumkoffer. Die alten Mauern, die links und rechts neben ihr aufragten, waren höher, als die Gasse breit war. Edith musste sich überwinden, in das Dunkel einzutauchen, das sie an der Ecke erwartete. Die Regentropfen klangen auf den Koffern wie zart geschlagene indische Trommeln. Die Absätze rutschten auf dem Pflaster, als sie um die Mauer bog.

Sie war erleichtert, als sie die Holztür mit den dicken Eisenbeschlägen erreicht hatte und ihre Last abstellen konnte. Die Tasche behielt sie auf der Schulter. Neben dem in einer runden Vertiefung eingelassenen Klingelknopf befand sich kein Schild. Als Edith auf den Knopf drückte, verkantete er sich und sprang erst wieder heraus, als sie mehrmals seitlich dagegen geklopft hatte. Ein Klingelton war nicht zu hören. Sie war schon einmal hier gewesen und wusste, wie groß der Garten zwischen Mauer und Kuriengebäude war, in dem der Domherr wohnte, der sie vor einer Stunde angerufen hatte.

Edith wartete. Es gab kein Vordach. Sie spürte, wie ihr Haar schwerer wurde. Sie hatte es am Abend bereits gebürstet, wie sie es immer vor dem Schlafengehen tat. Hundert Mal, wie eine Prinzessin. So hatte sie es als Kind gelernt. Schon damals hatte sie lange braune Haare, nicht dick, aber sehr dicht. Und glänzend, was, wie sie bis heute glaubte, vom vielen Bürsten kam. Ihr Haar reichte noch immer bis zur Taille. Nur nass konnte sie es nicht mehr ertragen. Sie bekam Kopfschmerzen, wenn sie es nicht gleich nach dem Waschen in ein Handtuch einschlug oder es trocken föhnte.

Drei Glocken schlugen kurz hintereinander. Sie schaute auf ihre Uhr. Viertel vor zwölf.

Ein Riegel scharrte. Die Tür ging nach außen auf und stieß gegen einen der Koffer. Ein dunkel gekleideter Mann trat unter dem steinernen Türsims hindurch.

»Guten Abend, Frau Basten.« Domkapitular Prof. Dr. Alfons Adams beugte sich vor und streckte Edith die Hand entgegen. »Schön, dass Sie es einrichten konnten. Ich danke Ihnen sehr.«

Sie schob ihre rechte Hand nach vorn, wobei sie das Stativ unter dem Arm geklemmt hielt. »Kein Problem.«

»Ich nehm Ihnen das ab.« Adams drückte ihr kurz die Hand und fasste nach dem Stativ. Sie nahm einen Hauch von Weingeruch wahr. Der Professor trug unter dem dunklen Anzug mit dem kleinen goldenen Kreuz am Revers einen grauen Cashmere-Pullover, über den ein weißer Hemdkragen geschlagen war. Aus seinem Revers lugte eine schmale Papierrolle hervor. Jetzt nahm sie auch die Ausbuchtung in der Jacke wahr.

Ein Windstoß fuhr ihr ins Haar. Die milde Luft war durchsetzt mit feinem Regen. Nach drei verregneten Juniwochen war es heute tagsüber endlich wieder sonnig gewesen.

»So, dann woll'n wir mal.« Adams rückte sein dunkles Béret zurecht und wandte sich in Richtung Dom. Edith packte die beiden Koffer und mühte sich, mit dem forsch ausschreitenden Professor Schritt zu halten. Im ersten Moment dachte sie, er würde einen Scherz machen, als er ihr keine weitere Last abnahm. Edith bereute es nun, dass sie ihren Mann, der schon zu Bett gegangen war, nicht gebeten hatte, sie zu begleiten. Auf dem Küchentisch hatte sie einen Zettel hinterlassen. ‚Bin den Codex fotografieren'. Jetzt kam ihr die Information recht dürftig vor. Würde er sie überhaupt verstehen? Sie kapierte selbst nicht so recht, warum dieser Fotoauftrag nicht bis morgen warten konnte.

Sie bogen um eine Hausecke. Direkt vor ihnen ragte urplötzlich die gewaltige, in einem warmen Gelb angestrahlte Südseite des Doms auf.

Der Domkapitular blieb stehen. Er hielt das Stativ mit

beiden Händen vor der Brust, als trüge er eine Maschinenpistole. Edith schnaufte. Alfons Adams schien nicht zu bemerken, wie sie sich abrackern musste. Ohne seine Hilfe anzubieten, wies er auf einen kleinen Vorplatz. »Hier geht's lang.«

War er wirklich so unaufmerksam? Lag es am Alkohol oder daran, dass der Professor bereits auf die Aufgabe konzentriert war, die vor ihnen lag? Zwischen Bauwagen und Containern, die teils zweistöckig übereinander saßen, versuchte sie, besonders schlammigen Stellen auszuweichen.

Als Edith an der Doppeltür ankam, deren hochmodernes Schloss von Adams routiniert geöffnet wurde, stellte sie die beiden Koffer härter als gewollt ab.

»Darf ich?« Der Mann hielt ihr mit dem Ellenbogen des rechten Arms die Tür auf, während er mit der linken Hand nach einem der Koffer fasste.

»Danke, gern.«

»Ich dachte, sie würden die sensiblen Apparate nicht aus der Hand geben wollen.«

»Kein Problem.« Jetzt verwendete sie schon zum zweiten Mal die Lieblingsredewendung ihres achtjährigen Sohnes.

Adams setzte auf der anderen Seite der Tür den Koffer ab und legte das Stativ darauf. Er ließ seine Begleiterin herein und schloss wieder ab.

»Achtung!« Der Domkapitular hielt sie am Arm zurück. »Hier folgt unmittelbar eine Treppe.« Mit leichter Berührung lenkte er ihren Arm zu einem Geländer.

Über wenige Stufen gelangten sie hinunter in einen dunklen Raum, der, nach dem Hall ihrer Schritte zu urteilen, groß und unmöbliert wirkte. Vorsichtig tastete sie mit den Schuhen über den Fußboden. Er schien aus großen, nicht ganz eben verlegten Steinplatten zu bestehen. Weiter vorn fiel durch einen offenen Türbogen schwaches Licht herein.

»Was ist denn da drin?« Adams musste den Koffer meinen, der sich neben ihr wie von Geisterhand fortbewegte. Der dunkel gekleidete Träger war nicht zu erkennen.

»Licht«, war ihre knappe Antwort.

»Das habe ich mir leichter vorgestellt.«

Sie gelangten in einen nach rechts offenen Flur. Ein Windstoß erfasste sie.

»Sind wir im Kreuzgang?«

»Richtig«, bestätigte der Professor. »Eine großartige Leistung der Gotik aus dem 13. Jahrhundert. Hier gab's früher mal Brot und Wein für die Armen.« Er kicherte. »Der Domklerus musste dafür aufkommen. Heute liegen die Herren hier begraben.«

Sie erreichten die ersten zum Innenhof weisenden Rundbögen, deren feine Verzierungen filigrane Schatten auf den Steinboden warfen.

Der Wind wehte vom Innenhof her. Dort schimmerten marmorne Grabplatten, von geschwungenen, glaslosen Steinbögen umgeben. Ihr wurde kalt bei dem Gedanken, eine der Grabplatten könnte sich knarrend zur Seite bewegen.

Sie kamen an zwei überlebensgroßen Steinfiguren vorbei, die an der Seite des Gangs wie zwei Ungeheuer wirkten, die mit drohend erhobenen Armen auf Beute lauerten. Als sie die Figuren hinter sich gelassen hatten, blickte Edith sich verstohlen um, wie ein Kind, das sich nicht sicher war, ob die steinernen Monster hinter seinem Rücken sich nicht doch bewegen könnten.

Sie näherten sich einem Gitter am Ende des Gangs, hinter dem rotes Kerzenlicht flackerte. Der Domkapitular war schon um die Ecke gebogen, als er abrupt stehen blieb.

Ihr Blick folgte seinem ausgestreckten Arm, der über den Innenhof auf den barocken Turm der Heiligrockkapelle wies. Mit der runden Kuppel und den schwarzen Fenstern zeichnete er sich gegen den rötlichen Himmel ab.

»Warum brennt da kein Licht?«, murmelte Adams.

Der Professor war wieder einen halben Schritt voraus. Er bewegte sich mit der Sicherheit eines Schlafwandlers. Sie passierten weitere Nischen und Kapellen, in denen Kerzen brannten. Vom Halbdunkel des Säulengangs traten sie in einen dunklen Flur. Edith schob sich tastend vorwärts. Ihr Blick wechselte hin und her zwischen dem dunklen Boden und ihrem fast ebenso unsichtbaren Begleiter, der nun langsamer vorankam. Es ging wenige Stufen hinauf zu einer Holzpforte, die mit drei übereinander angebrachten Eisenbeschlägen verstärkt war. Nach wenigen Sekunden wurde die Tür aufgestoßen. Eine angenehme Wärme empfing sie. Ediths Augen hatten sich inzwischen an die Dunkelheit gewöhnt. Der dumpfe Ton der zuschlagenden Tür löste ein vielfaches Echo aus, das sanft aus den Tiefen des Doms zurückhallte.

Ihr Begleiter nahm die Kappe ab. Im Schein des aus dem Ostchor hereinfallenden Lichts wirkten seine Haare gelblich-weiß.

Hier bist du in einer Kirche, hier wirst du beschützt, versuchte sie sich einzureden. Hier konnte außer ihnen niemand sein! Höchstens Gespenster, aber die hatten in einem Gotteshaus nichts zu suchen.

Edith zuckte zusammen. Vier Glocken schlugen und dann folgte eine dunklere Fünfte. Sie zählte stumm bis zwölf.

»Um Mitternacht wird die Alarmanlage ausgeschaltet.« Die gelassene Stimme des Domkapitulars beruhigte sie ein wenig. »Zwischen Mitternacht und sechs Uhr morgens ist die einzige Zeit, in der die komplizierte Alarmanlage ausgeschaltet werden kann, damit wir die Schaukästen öffnen können. Das geht natürlich nicht, wenn der Dom für Publikum geöffnet ist oder die Sakristane Dienst haben. Die Polizei ist informiert.«

Neben ihnen brannte auf einer schrägen Metallplatte ein Meer von Kerzen. Vor einem hoch aufragenden Seitenaltar standen zwei Bänke. Der Domkapitular verbeugte sich leicht und setzte sich in die hintere.

Edith glitt von der anderen Seite auf die schmale Holzbank und stellte die Schultertasche neben sich. Rechts führte eine Steintreppe hinauf zur Schatzkammer, dem Ziel ihrer nächtlichen Exkursion.

*

Walde schlug die Augen wieder auf, als seine Hände das Buch ins Federbett sinken ließen, wo bereits das Dictionary lag. Er lauschte. Der Wecker auf dem Nachttisch zeigte kurz nach eins. In der Wohnung war es ruhig. Er fand die Stelle im Buch, an der er eingedöst war. Bereits nach wenigen Sätzen in *The Catcher in the Rye*, den er versuchte, in der englischen Version zu lesen, schloss er erneut die Augen. Nur ausruhen, dachte er, gleich lese ich weiter. Doris wird bald kommen, dann kann ich schlafen. Seit eineinhalb Jahren wohnten sie nun zusammen. Wollte oder konnte er nicht mehr ohne sie einschlafen?

Er schlug die Bettdecke zur Seite. Der Holzboden kühlte seine warmen Fußsohlen. Draußen in der Diele brannte kein Licht. Walde blieb an der angelehnten Tür von Annikas Zimmer stehen. Das Kind schlief ruhig, sein leiser Atem war nur zu erahnen.

Das Oberlicht zu Doris' Arbeitszimmer war dunkel. Seit kurzem arbeitete sie im Modeatelier einer ehemaligen Kommilitonin und brachte sich häufig Arbeit mit nach Hause.

Sein Fuß trat unvermittelt auf etwas Hartes. Walde unterdrückte einen Schmerzenslaut. Er bückte sich und zog einen Ring mit dicken Holzkugeln unter seinem Fuß hervor. Die Tür zum Wohnzimmer quietschte. Eine brennende Kerze flackerte auf dem Tisch. Walde warf Annikas Spielzeug in einen Sessel. Aus dem Augenwinkel nahm er vor dem Fenster eine Bewegung wahr.

Doris stand mit ausgebreiteten Armen auf dem überdachten Teil der Terrasse. Sie ließ die Arme herunter und breitete sie in einer runden Bewegung wieder aus. Der Kranich breitet seine Schwingen aus. So hieß diese Qigongübung. Während er auf die durch die Lichter der Stadt kontrastierte Silhouette der Libanonzeder hinter der Mauer des Gartens sah, ließ er sich in einen Sessel fallen und knallte mit dem Steißbein auf das Holzspielzeug.

»Du bist noch wach?« Doris schien sein Schnaufen von der Terrasse aus gehört zu haben.

»Ich hab auf dich gewartet.«

»Ich komm gleich.«

Der Regen fiel leise trommelnd auf die Überdachung. Aus dem Dunkel des Gartens löste sich ein Schatten. Mira glitt auf die Terrasse und setzte sich, mit dem Kopf nickend und die Schwanzspitze schlagend, neben Doris auf die Holzbretter.

Walde rappelte sich aus dem Sessel hoch. Doris mochte es nicht, wenn sie beim Qigong beobachtet wurde. Die Katze holte ihn in der Diele ein und rieb ihr nasses Fell an seinen Knöcheln. Er versuchte, ihr auszuweichen, ging dann aber doch in die Küche, um ein wenig Trockenfutter in den Katzennapf zu füllen.

Walde legte sich wieder ins Bett und schlug seine einstmalige Schullektüre beim Lesezeichen auf. Seine Augen suchten die Stelle, bis zu der er vorher gekommen war. Dabei tauchten ihm unbekannte Vokabeln auf, die er bereits nachgeschlagen und schon wieder vergessen hatte. Mit seinem Englisch, das er als freiwillige dritte Fremdsprache nicht einmal halbherzig gelernt hatte, würde es in der kurzen Zeit bis zum IPA-Treffen in Trier, zu der Kriminalisten aus halb Europa eingeladen waren, nichts mehr werden. Sein Vortrag wurde simultan übersetzt, aber im Übrigen war meist Englisch erforderlich, um sich mit den Kollegen zu verständigen. Er legte die kalt gewordene linke Hand zum Wärmen auf seinen Oberschenkel.

Dienstag

Nachdem Adams sich damit begnügt hatte, ihr mitzuteilen, dass sie vor dem Johannes-der-Täufer-Altar aus dem Jahr 1597 saßen und rechts von ihnen die Pilgerrampe aus dem 12. Jahrhundert schemenhaft zu erkennen sei, hatte der Domkapitular minutenlang reglos in der Bank gesessen.

Das Warten war für Edith das Schlimmste. Der riesige Kirchenraum entwickelte seine eigenen Geräusche. Kein normales Knacken, wie es manchmal die Holzbalken bei ihr zu Hause von sich gaben, nein, gerade hatte es dermaßen geknallt, dass sie glaubte, eine der Orgelpfeifen sei von hoch oben herabgestürzt. Dann hatte sie ganz deutlich Schritte gehört. Gab es hier Tiere? Deutlich größer als Kirchenmäuse mussten sie schon sein. Immer wieder hatte sie verstohlen zu ihrem Banknachbarn geschaut, der nicht einmal mit dem kleinsten Zucken reagierte. Am liebsten hätte sie ihn aufgefordert, sie auf der Stelle wieder hinauszubegleiten.

»Ich denke, wir können.« Ihr Auftraggeber erhob sich. Dankbar ergriff sie die Tasche und den Koffer und folgte ihm zur Treppe. Die Arbeit würde sie hoffentlich ablenken.

Das Scharren ihrer Schritte auf den Steinstufen wurde mit dumpfem Zischen aus dem schwarzen Raum beantwortet. Oben quietschte das Eisengitter. Ein kühler Hauch streifte ihren Scheitel. Sie beschleunigte ihre Schritte und schielte hinter sich. Dabei stieß der Aluminiumkoffer hart gegen eine Strebe des dünnen Eisengeländers.

»Alles in Ordnung?«

»Nix passiert.« Sie spürte die Unsicherheit in ihrer Stimme. »Warten Sie bitte.«

Adams verharrte, bis sie zu ihm aufgeschlossen hatte. »Entschuldigen Sie, erst lasse ich Sie allein die schweren Koffer schleppen und dann laufe ich Ihnen im dunklen Dom davon.«

»Kein Problem.« Nun hatte sie es zum dritten Mal gesagt. Wie Petrus, kam es ihr in den Sinn, der Jesus dreimal verleugnete, bevor der Hahn gekräht hatte.

Dem Aufschließen der Tür folgte das Aufflammen zahlreicher Lichter. Edith blinzelte in die Domschatzkammer. Von einer Säule in der Mitte des Raums zogen sich feine Gewölbe bis zu den Wänden des quadratischen Saals, wo die Exponate in den Vitrinen ihre Blicke anzogen. Kostbare Monstranzen, Kelche und Reliquienschreine, viele golden und mit Edelsteinen besetzt. Die Vitrinen in der Mitte des Raums waren höher als die übrigen.

Neben der Tür standen zwei schlichte Holzstühle. Auf dem ersten legte Edith den Koffer ab und klappte ihn auf. Kameragehäuse und Objektive waren von dickem Schaumstoff umhüllt. Während sie das 80 mm auf die Mamiya schraubte und einen Ektachrome-Rollfilm einlegte, stellte Adams den Koffer mit den Lampen neben den Stuhl auf den gefliesten Boden.

»Ich brauche die Bilder bis morgen früh, und zwar digital.« Der Ton des Professors klang bestimmt. Als Dombaumeister war er gleichzeitig für alle Liegenschaften des Bistums zuständig. Das waren mehrere Tausend Bauten, dementsprechend viele Aufträge für Renovierung und Instandhaltung hatte er zu verantworten. Edith hatte den Professor kennen gelernt, als die Zeitung, für die sie früher arbeitete, einen Bericht zu seinem Sechzigsten gebracht hatte. Sie hatte ihn damals in seinem wunderschönen Kuriengarten fotografiert.

»Klar.« Fast wäre ihr zum vierten Mal ‚kein Problem' herausgerutscht. »Die hab ich nur zur Sicherheit dabei. Notfalls kann ich die Dias gleich anschließend entwickeln.«

Bei der Zeitung hatte sie hauptsächlich im Fotolabor und in der Repro gearbeitet. Irgendwann war das Labor überflüssig geworden. Kurze Zeit nach der Kündigung wurde sie schwanger, und als ihr Sohn den Kindergarten besuchte, hatte sie ein eigenes Studio für Porträtfotos eröffnet. Einer ihrer ersten Kunden war der Professor gewesen, der ein neues Autorenfoto für seine Publikationen benötigte.

»Aber die Dias müssen noch digitalisiert werden.« Adams baute mit wenigen Handgriffen das Stativ auf.

»Selbstverständlich kann ich die auch einscannen.« Sie steckte ihr Lieblingsobjektiv, ein lichtstarkes 1,4er mit 50er Brennweite auf die Nikon D2X. Die war schweineteuer gewesen, aber sie konnte wenigstens die alten Objektive weiterverwenden. Sie nahm die Lampen aus dem zweiten Koffer.

Hinter ihr wurde ein Schloss aufgesperrt, dann ein zweites.

Sie schritt an den beiden geöffneten Vitrinen entlang. Sie spürte den Sog, den die wertvollen Malereien auf den

Blättern auf sie ausübten, aber sie konzentrierte sich auf ihren Job. Die Ausstellung würde sie sich ab Donnerstag in Ruhe anschauen können. Nicht von ungefähr hatte die Unesco den Egbert-Codex in das Register ‚Memory of the World' aufgenommen.

»Reicht die Glasfaser-Beleuchtung?«

Sie zuckte die Achseln. Vermutlich handelte es sich um eine besonders schonende Methode, die lichtempfindlichen Exponate zu präsentieren.

»So kann ich unmöglich fotografieren.«

Draußen schepperte es heftig. Auch der Domkapitular schien für einen Moment irritiert.

»Am Einfachsten wäre es gewesen, wenn ich die Seiten in meinem Studio hätte einscannen können«, sagte sie.

»Da ist leider nicht dran zu denken. Zum einen aus versicherungsrechtlichen Gründen, und zum anderen haben wir den Codex von der Stadtbibliothek ausgeliehen.« Adams fuhr sich an die Stirn. Er trug nun feine Handschuhe in der Farbe seines Pullovers. »Nicht auszudenken, wenn es zu einer Beschädigung käme.«

Sie deutete auf eine Staffelei, auf der ein aufgeschlagenes Faksimile des Codex lag. »Können wir das Buch wegnehmen und die Seiten darauf stellen?«

»Das habe ich befürchtet.« Er trat an die Staffelei und schlug das Buch auf. »Das ist ein sehr gelungenes Faksimile. Hier die Anbetung des Jesuskindes durch die Heiligen Drei Könige, ein wirklich unübertroffener Höhepunkt der Buchmalerei, tausend Jahre alt, die Farbnuancen, die Eintönung des Goldes, das Relief seiner Ziselierung, alles wunderbar wiedergegeben. Im Gegensatz zu diesem hier.« Er zog das Bündel Papier aus der Innentasche seiner Jacke und rollte es auf. Zum Vorschein kam das gleiche Bild.

Edith zog ihre Jacke aus und legte sie auf eine der Vitrinen. Sie beugte sich über das Bild und sah die eklatanten Farbunterschiede. »Was ist passiert?«

»Bei drei Bildern sind versehentlich Dateien von nicht farbangepassten Aufnahmen in den Katalog geraten. Ich habe heute bei der Druckabnahme die Maschinen stoppen lassen.«

»Konnten die Drucker die Farben nicht angleichen?«

»Da war nichts zu machen.«

»Und wo sind die richtigen Daten? Zum Beispiel diejenigen, die man hierfür verwendet hat?« Sie deutete auf das Faksimile.

»Das weiß der Himmel.« Der Professor breitete theatralisch die Hände aus. »Irgendwo zwischen der Schweiz und Deutschland unterwegs. Morgen muss der Rest gedruckt und am Mittwoch gebunden werden, damit der Ausstellungskatalog pünktlich zur Eröffnung am Donnerstag vorliegt.«

»Und wenn Sie den hier nähmen?« Edith hob das Buch an.

»Vorsicht bitte, davon gibt es gerade mal zweihundert Stück zum Einzelpreis von knapp siebentausend Euro.«

Sie seufzte. Dann musste sie eben versuchen, mit den nicht unbedingt dafür geeigneten Mitteln das beste Ergebnis zu erzielen.

Sie brachte die Staffelei auf eine niedrigere Höhe, richtete die mit Filtern gedämpften Scheinwerfer darauf und positionierte das Stativ mit der Kamera so, dass sie weitgehend gerade Kanten im Sucher registrierte.

Adams balancierte das erste Blatt vorsichtiger als ein rohes Ei aus der Vitrine auf die Staffelei und blieb mit ausgestreckter, behandschuhter Hand daneben stehen, bereit, sofort einzugreifen, falls es drohte, hinunterzufallen.

Im ersten Bild wurde die Grablegung dargestellt. Bei Licht wollte Edith verschiedene Varianten ausprobieren. Die Schärfe orientierte sich an dem Wort *Hortus* im Bildmittelpunkt. Gerade als sie den Zeitauslöser betätigte, wurde die Buchseite von der Staffelei gehoben.

»Moment, ich bin noch nicht fertig!«, rief sie dem Professor zu. Der hielt die Malerei fast achtlos in der Hand, den Arm nach unten gestreckt, als wolle er das Bild verbergen. Sein entsetzter Blick ging an ihr vorbei, bis er an einem Punkt irgendwo hinter ihr haften blieb. Sein Mund war leicht geöffnet. Sie drehte den Kopf. Zwei Mönche standen in der Tür. Ihre weiten Kapuzen verdeckten die Gesichter. Nur die Kinnpartien waren zu erkennen.

*

Als er die Badezimmertür hörte, markierte Walde die Seite im Buch und löschte das Licht. Doris hatte sich im Bad ausgezogen und schlüpfte ins Bett. Er schob sich an ihren Rücken und legte einen Arm um sie. Ihr Haar duftete nach Äpfeln.

»Bist du nervös wegen dem Vortrag?«, flüsterte sie und rückte ihm entgegen.

Beim Nicken streifte seine Stirn ihren Nacken.

»Konntest du was mit *The Catcher in the Rye* anfangen?«

Beim Kopfschütteln rieb seine Nase ihren Nacken.

»Hat's dir die Sprache verschlagen?« Sie kuschelte sich noch näher an ihn. Wieder rieb seine Nase eine Antwort auf ihren Nacken.

»Du möchtest deine Stimme schonen?«

Seine Stirn streifte an ihrem Nacken auf und ab.

»Möchtest du sonst noch etwas schonen?«

Seine Nase verneinte.

»Zu was bist du denn noch in der Lage?«

Mit dem Zeigefinger schrieb er drei Buchstaben und ein Fragezeichen dahinter auf ihren Bauch.

»Hexe?«

Mit der flachen Hand wischte er das Wort aus und drehte sich seufzend um. Sie glitt an ihn heran.

»War noch was?«, murmelte er.

Sie rieb ihre Stirn an seinem Nacken auf und ab.

»Hast du mich wirklich falsch verstanden?«

Sie kicherte, als ihre Nase die Antwort gab.

*

Der Revolver, der aus dem weiten Ärmel der Kutte auf sie gerichtet wurde, war riesig. Ediths Gedanken waren schnell und klar. Sie hob die Hände über den Kopf. Der Domkapitular streckte bereits die Buchseite in die Höhe.

Nichts ist schlimmer als die Angst davor, was geschehen wird. Das hatte sie einmal gelesen – und es stimmte. Unten, im Dom, hatte sie befürchtet, dass jemand aus dem Dunkel auftauchte. Hier oben war es geschehen. Aber trotz ihres hämmernden Herzschlags konnte sie noch logisch denken. Dieses Ding mit den zwei Läufen war kein Revolver. Es war auch kein Gewehr, sondern eine Schrotwaffe.

Der wird nicht schießen. Es gab keinen Grund, sie zu töten. Außerdem würde die Streuung der Waffe die Kunstwerke aus den offenen Vitrinen beschädigen. Und deswegen waren die ja hier. Oder?

Andererseits würde ein Schuss eine Vielzahl kleinster Schrotkugeln freisetzen, die, falls sie mit dem Leben davonkam, ihr Gesicht und ihren Körper grausam entstellen würden. Weiter kamen ihre Gedanken nicht.

»Boden!«

Sie versuchte, das Alter des Mannes nach seiner Stimme einzuschätzen. Es fiel ihr schwer. Zwischen zwanzig und dreißig vielleicht. Es klang ein Akzent an, den sie nicht einordnen konnte.

Die Steinfliesen unter ihren Handflächen fühlten sich angenehm kühl an. Bevor sie ihre Wange auf die glatte Oberfläche legte, schlug sie ihr Haar zurück. Sie wünschte sich nichts sehnlicher, als ihre Augen zu schließen und erst dann wieder zu öffnen, wenn das Ganze hier vorbei war. Je weniger sie mitbekam, umso weniger Grund gab sie den Männern, sie als Gefahr anzusehen.

»Los!«

Das schwere Tuch einer Kutte glitt an ihrer Wade entlang. Sie riss die Augen wieder auf. Einer der Männer stieß den Professor an eine Vitrine und tastete ihn ab. Dabei ging er nicht zimperlich mit Adams um. Edith presste erneut die Augenlider zusammen.

»Taschen leeren!« Das doppelte E klang wie ein Ä. Ob der Mann den Akzent nur vortäuschte?

Es folgte ein metallisches Klirren, wahrscheinlich Schlüssel, die auf einer Glasplatte abgelegt wurden. Dann war wieder das Abklopfen der Kleidung des Professors und leises Stöhnen zu hören.

»Ich habe komplett gesagt!« Es folgte ein lauteres Klopfen, bei dem der alte Mann augenblicklich aufschrie.

»Da ist noch was!«

Wieder wurde etwas auf Glas gelegt, etwas zaghafter als zuvor.

»Wozu gehört der?«

Keine Antwort.

Edith spürte, wie sich das Pochen ihres Herzschlags über die Fliesen bis zu ihrem Ohr fortsetzte.

Es folgte ein dumpfer Schlag und ein weiterer Schmerzenslaut.

»Okay.« Mit lang gedehnter zweiten Silbe sprach eine ruhige Stimme vom Eingang her. Sie gehörte eindeutig einem Mann, der älter als fünfzig, vielleicht sogar über sechzig war.

»Beine auseinander!« Ihr linker Schuh wurde hart getroffen. Dabei rutschte ihr ausgestrecktes Bein über den Boden.

Plötzlich kniete einer der Männer neben ihr. Sie spürte eine Hand an der Innenseite ihres linken Beins. Ganz langsam glitt sie nach oben zum Knie, über den Oberschenkel bis zum Schritt. Nun spürte sie den Druck der einzelnen Finger am rechten Bein. Dann wurde ihr Hintern getätschelt und eine raue Hand tastete die nackte Haut ihres Rückens ab. Bis jetzt hatte sie es geschafft, keinerlei Regung zu zeigen. Als sie spürte, wie eine Hand sich zwischen den Boden und ihren Körper zwängte und vorn an ihrem Hosenbund unter ihren Pulli schlüpfte, verkrampfte sie sich. Sie zog den Bauch ein, drückte die Knie zusammen und reckte das Kinn nach oben. Finger kniffen in ihre Brüste.

»Okay!« Die Stimme vom Eingang sprach wie ein geduldiger Vater zu seinem über die Stränge schlagenden Kind.

Die Hand zog sich aus ihrem Pulli zurück und fuhr ihr nun durch die Haare. Sie spürte, wie sie nach hinten gezogen wurden und dann auf ihren Rücken fielen.

Das Reißgeräusch konnte sie erst einordnen, als ihre Handgelenke gepackt und auf dem Rücken mit Band umwickelt wurden. Anschließend wurden ihre Fußgelenke zusammengeschnürt.

Ihren ersten Schmerzenslaut stieß sie aus, als ihre Haare gepackt wurden. Kaum hatte sie wieder den Mund geschlossen, wurde ihr etwas darüber gepappt und ein Band von einem Ohr über ihre Augen bis zum anderen Ohr geklebt.

In einem verzweifelten und tiefen Zug sog sie Luft durch die Nase ein. Sie reichte nicht! Schon seit ihrer Kindheit litt Edith an einer Verkrümmung der Nasenscheidewand. Sie würde ersticken!

»Alle Vitrinen öffnen!«, befahl der Mann.

Metall glitt über Glas, ein Schlüssel drehte sich im Schloss. Wenig später wiederholte sich die Prozedur.

Edith spannte die Arme. Die Fessel an ihren Handgelenken war starr wie ein Stahlband. Wieder sog sie die Luft ein. Nur der linke Nasenflügel war ein wenig geöffnet, der rechte ließ nichts durch. Nicht einmal die Augenlider konnte sie unter dem Klebeband bewegen, ihr Herz begann heftig zu pochen.

Mit der Zunge presste sie die Lippen auseinander und drückte gegen das Band.

»Schneller!«

»Der Frau geht es nicht gut!« Die Stimme kam vom Domkapitular.

»Je schneller Sie machen, umso schneller ist alles vorbei.«

Wieder drehte sich ein Schlüssel und gleich noch einmal.

»Und nun die hier!«

»Aber«, Adams' Stimme klang ehrlich überrascht, »alle Vitrinen des Codex sind doch offen.«

Der Kleber auf ihrem Mund schmeckte nach Briefmarken. Edith schürzte die Lippen, versuchte, mit der Zunge nach oben zu drücken. Das Band gab nicht nach. Nässe könnte den Kleber lösen, aber ihr Mund war inzwischen nusstrocken.

Sie schnappte nach Luft wie ein Fisch auf dem Trockenen. Mit jedem verzweifelten Zug wurde ihr Atem kürzer und schneller.

»Die Frau braucht Hilfe!«

»Dann helfen Sie ihr! Machen Sie die anderen Vitrinen

auf.« Den Jüngeren schien die nach Luft ringende Frau nicht zu berühren.

»Okay!«, kam wieder die Stimme von der Tür.

»Aufmachen!«, beharrte der andere.

»Was wollen Sie denn damit?« Nach der Frage des Professors hörte man nur noch das jämmerliche Fiepen im Raum.

Unter der Haut von Ediths Waden krabbelten Ameisen. Dann waren diese Viecher an ihren Unterarmen zugange. Sie vernahm ein helles Röcheln, es klang wie Schnarchen, nur viel schneller, genau in dem Rhythmus, in dem ihre Rippen den Boden berührten. Dann ging das Röcheln in ein Puffen über, wie das einer schnell fahrenden Dampflokomotive. Die Ameisen waren jetzt überall …

»Und noch diese!«

»Aber damit können Sie doch …« Der Domkapitular brach ab. Hastig schloss er die Vitrine auf.

Erst konnte Edith das dunkle Dreieck unterhalb ihrer Augen nicht einschätzen. Etwas drückte auf ihre Nase, ihre Wangen und unter das Kinn. Jedes Ausatmen erzeugte ein Echo. Das kam von dem, was um ihre Nase und den Mund gelegt war. Durch das Klebeband über ihren Augen konnte sie nichts sehen. Aber sie spürte nun, dass jemand seine Hände, geformt wie zum Wasserschöpfen, ihr über Mund und Nase gelegt haben musste. So bekam sie ja noch weniger Luft! Aber die Ameisen waren verschwunden. Ihre Zunge berührte die Lippen. Sie konnte sie öffnen. Das Klebeband war weg. Die fremden Hände rochen leicht nach Seife. Ihr Atem gewann an

Gleichmäßigkeit. Sie sog die Luft tief in den Bauchraum ein.

Die Hände lösten sich von ihrem Gesicht.

Durch die Augenbinde nahm sie einen Blitz wahr, dann das typische Rattern einer Polaroid, wenn ein Sofortbild ausgeworfen wurde. Was fotografierten die Diebe denn jetzt? Sie begann erst zu zählen, als es schon mindestens zwanzig Mal geblitzt hatte. Etwa beim fünfzigsten Blitz endete die Fotosession.

*

Bernard sah sich um. Da er nur einen schmalen Teil der leeren Straße einsehen konnte, lauschte er auf Schritte. Beide Männer bemühten sich, den verdächtigen dunklen Flecken zwischen den Baubuden auszuweichen.

»Schmeiß den Krempel da rein!«, sagte Bernard zu seinem dicht hinter ihm gehenden Komplizen und zeigte auf einen Container.

»Nee«, der andere lachte nervös. »Ich bin doch nicht blöd.«

»Das war nicht ausgemacht, ich wollte nur den Codex …«

»… ist doch alles gut gelaufen!« Der Jüngere hielt den in die dunkle Kutte gehüllten Kasten unter den linken Arm geklemmt. In dem schwachen Licht schienen seine entblößten Zähne über der hellen Jacke zu schweben.

»Schmeiß das Zeug da rein!«

Der Wind frischte auf, erweckte die dunklen Flecken, indem er die Oberfläche der Pfützen kräuselte.

»Nee, gib mir das Geld, und dann bin ich weg.«

Bernard spielte kurz mit dem Gedanken, seinem Komplizen mit vorgehaltener Waffe zu drohen, aber dann würde der Kerl womöglich später wiederkommen, um die Beute aus dem Container zu bergen.

Er reichte ihm zwei Bündel mit je einhundert Fünfzig-Euro-Noten hinüber. Das Paket weiter unter den Arm geklemmt, blätterte der Jüngere die Scheine durch, knickte die Bündel und presste sie in die Brusttaschen seiner Cordjacke. Er knöpfte sie mit der gleichen angestrengten Miene zu wie vor ein paar Tagen, als er die Anzahlung in gleicher Höhe erhalten hatte.

»Sieh zu, dass du morgen pünktlich bei der Arbeit bist.« Bernard zögerte, ob er ihm zum Abschied die Hand schütteln sollte. »Wie kommst du eigentlich nach Hause?«

»Kann dir doch egal sein.« Der Jüngere behielt den trotzigen Ton bei.

»Komm, ich nehm dich mit.« Bernard hatte das nicht geplant. Hier sollten sich ihre Wege für immer trennen, aber er konnte nicht riskieren, dass sein Komplize noch in der Nacht geschnappt wurde.

Die leeren Straßen der Stadt schienen nur für sie beide beleuchtet zu sein. Bernard trat auf die Bremse des Audis, als die nahe Ampel auf Gelb wechselte. Er beobachtete aus dem Augenwinkel, wie sein Beifahrer mit hastigem

Griff den schuhkartongroßen Gegenstand auf seinen Oberschenkeln am Rutschen hinderte. Die lange Gerade vor ihnen verlor sich im Dunst. Weder auf der Straße noch auf dem Bürgersteig war jemand unterwegs.

Beim Anfahren schreckte Bernard zusammen, als ein Wagen mit hohem Tempo an ihnen vorbeiraste. Das kleine gelbe Licht des Taxis verschwand, noch während Bernard tief durchatmete.

»Wo fährst du überhaupt hin?«

»Erst das Zeug wegbringen und anschließend dich nach Hause.«

Sein Beifahrer steckte die Handschuhe ein und schaltete das Radio an.

»Lass es bitte aus!«, sagte Bernard.

»Warum?«

Bernard seufzte. Bis auf die Inanspruchnahme von Informanten und kleineren Hilfsdiensten arbeitete er für gewöhnlich allein. Den Wagen hatte er in Luxemburg gemietet. Autodiebstahl gehörte nicht zu seinen Fertigkeiten.

»Mit fünfzig Sachen?«, fragte sein Komplize.

»Ich möchte nicht auffallen.«

»Die Alarmanlage im Dom war doch ausgeschaltet?«

Bernard schloss kurz die Augen und nickte. Am liebsten hätte er angehalten und den Kerl aus dem Wagen geworfen, aber er konnte ihn unmöglich um diese Zeit zu Fuß durch die Straßen laufen lassen. Wie der Zufall es wollte, würde der noch eine offene Kneipe finden. Bernard konnte nicht riskieren, dass sein Komplize aufflog, bevor der Codex im Bankdepot und er selbst auf Nimmerwiedersehen verschwunden war. Hinzu kam, dass er nun auch noch den Wagen kannte und sich vermutlich das Kennzeichen merken würde. Wenn er nicht unter so einem gewaltigen Druck stehen würde, hätte er die Aktion bereits am frühen Abend abgebrochen, bevor ihm der Gärtner in die Quere kam. Jetzt gab es kein Zurück mehr.

»Wo willst du das Zeug verstecken?«, fragte Bernard.

»Ich muss noch nachdenken. Fahr mal auf die andere Moselseite.« Sein Beifahrer schlug das Tuch von dem Gegenstand auf seinem Schoß zurück und schaltete das Innenlicht ein.

»Willst du ihn vielleicht als Kühlerfigur präsentieren? Wir sind nicht allein auf der Straße.« Bernard schaltete vor einer Kreuzung zurück.

»Einen Moment noch.«

Bernard musste sich auf das Abbiegen konzentrieren. Er hörte ein Geräusch, als würde eine Holzschublade aufgezogen.

»Was ist denn das?« Sein Begleiter machte in dem Moment, als er ein lederartiges Stück aus dem Tragaltar zerrte, das Licht aus.

»Wahrscheinlich eine Reliquie vom heiligen Andreas.«

»Echt?« Als wäre der Gegenstand glühend heiß, ließ der Mann ihn in den Kasten zurückfallen.

Auf der Brücke erfasste der Scheinwerfer eines Schiffes den Wagen.

Der Jüngere hielt das Nagelreliquiar ins Licht.

»He, hier kann jeder reingucken«, sagte Bernard, als einige Leute aus der Kneipe am Brückenkopf traten.

Als der Wagen über einen Bahnübergang ruckelte, hörte Bernard einen erstaunten Ausruf. »Guck mal!«

Er sah kurz hinüber auf einen dunklen, länglichen Stift und eine Hälfte des Nagelreliquiars, das sein Komplize geöffnet hatte.

»Du hältst wahrscheinlich den Heiligen Nagel in Händen.«

»Was?«

»Der war doch im Nagelreliquiar.«

»Echt, dann ist das …«

Bernard nickte, während sein Beifahrer das Nagelreliquiar wieder verschloss und es zu der Reliquie in den Andreas-Tragaltar legte.

*

Veit wurde erst wach, als die Scheinwerfer bereits die Bäume unten im Busental anstrahlten. Obwohl es am späten Abend zu regnen begonnen hatte, war die Luft nicht kalt, sodass Veit, müde vom Graben, beschlossen hatte, die Nacht im trockenen Sand unter dem Felsvorsprung zu verbringen, wo noch ein Rest der Wärme des Tages zu spüren war.

Unten leuchteten die Bremslichter des Wagens. Der Motor wurde abgeschaltet, das Licht erlosch. Im Tal war es stockdunkel. Das Tropfen des Regens von den Blättern ließ Veits Gedanken in bizarre Welten gleiten. Er schloss die Augen, spürte an der Schwere seines Körpers, dass er gleich wieder einschlafen würde. Eine Autotür wurde zugeschlagen. Veit blinzelte. Aus den wenigen Autos, die hier des Nachts herkamen, stieg höchstens mal jemand nach dem Schäferstündchen zum Pinkeln aus.

Einige Minuten vergingen. Noch hatte ihm keine zugeschlagene Autotür signalisiert, dass jemand wieder eingestiegen war.

Als ein schmaler Lichtstrahl aufblitzte, rollte Veit sich mit zwei vollen Drehbewegungen zur Wand, gerade schnell genug, dass ihn der Schein nicht traf, der nun in seiner Nische klebte und über ihm am Fels hin und her strich. Vor ihm knackte ein Ast. Veit tastete nach dem Klappspaten, den er vorhin beim Herumrollen hart im Rücken gespürt hatte. Beim Gleiten über den Sand klirrte das Metall so hell, als würde ein Schwert leise aus der Scheide gezogen.

Es war wieder dunkel. Veit konnte nicht einschätzen, wie weit der Kerl entfernt war. Seine Hand strich über den Boden und bekam einen Stein zu fassen.

Nach einer Weile wagte er sich wieder zur Felskante vor. Er zog die Kapuze zurück und fuhr dabei mit der Hand über die scharfen Stoppeln auf seinem Kopf, die sich wie grobes Schmirgelpapier anfühlten. Wäre das alte Laub vom letzten Herbst trocken gewesen, hätte er rechtzeitig die Schritte gehört. So war die Gestalt, die dort den Hang hoch kraxelte, höchstens zehn Meter von ihm entfernt und bereits auf gleicher Höhe mit ihm. Gegen das von der Lampe angestrahlte Gelände waren die Umrisse des Kletterers zu erahnen. Er trug etwas auf dem Rücken oder hatte einen noch größeren Buckel als der Glöckner von Notre-Dame. Plötzlich war die Gestalt verschwunden. Veit wusste von der schmalen Höhle, die er Zwergenhöhle nannte. Man gelangte nur hinein, indem man sich flach auf den Bauch legte und wie eine Schlange kroch.

Da war die Gestalt wieder. Sie bewegte sich den Hang hinunter. Den Buckel hatte sie verloren.

*

Unschlüssig, ob er die Mail sofort löschen sollte, sah Walde am Monitor vorbei nach draußen, wo eine Meise auf der Fensterbank landete. Der in den blauen Himmel ragende Turm der Pauluskirche warf einen langen Schatten auf das Eckhaus gegenüber. Waldes Telefon klingelte. Gleichzeitig klopfte es an der Tür.

»Wo bleibst du denn?«, meldete sich Gabi, kaum dass er den Hörer abgenommen hatte.

»Bin schon unterwegs.«

Vor seiner Tür stieß er auf eine kleine Frau mit Sonnenbrille und ein Mädchen, das sie um einen Kopf überragte.

Für Walde gab es kein Durchkommen. »Kann ich Ihnen helfen? Mein Name ist Bock.«

»Jaaaa.« Die Silbe wurde von der Frau, er schätzte sie Mitte vierzig, mit einer solchen Inbrunst gehaucht, dass er ihre Not beinahe mit Händen greifen konnte.

Er warf einen überflüssigen Blick auf seine Uhr. »Es tut mir Leid, aber ich habe nur ganz wenig Zeit.«

»Gertrud Marx.« Sie nahm die Sonnenbrille ab. »Es

geht um meinen Mann, ihren Vater.« Mit einer knappen Handbewegung wies sie auf ihre Tochter. Das Mädchen schien um die sechzehn zu sein, schwarze Haare, dunkle Augen, braune Haut. Die Ähnlichkeit mit der Mutter wurde ihm erst auf den zweiten Blick bewusst.

»Was ist mit ihm?«

»Das wissen wir nicht.« Die Augen der Frau wirkten übernächtigt, aber bei näherem Hinsehen war Walde sich sicher, dass die Rötung von stundenlangem Weinen herrühren musste.

»Bitte?« Er beugte sich zu der Frau hinunter, um ihre flüsternde Stimme besser verstehen zu können.

»Mein Mann ist weg.«

»Seit wann?«

»Gestern Abend ist er nicht von der Arbeit nach Haus gekommen.«

»Wer hat Sie zu mir geschickt?« Walde trat von einem Bein aufs andere.

»Unten konnte mir niemand weiterhelfen.«

»Wer?«

»Da unten, Herr Kommissar, die Polizisten am Eingang.«

»Und die haben Sie dann einfach durchgelassen? Hier ist keine Abteilung für Vermisste.«

»Wir wissen, wo wir sind, Herr Kommissar. Sie haben uns so nett aus der Zeitung angelächelt. Sie sind der Chef der Mordkommission. Wenn mein Mann trinken würde oder mit anderen Frauen …«, sie stockte, »oder sonst irgendwie unzuverlässig wäre …« Sie rang um Fassung. »Er kennt sich sehr gut mit alten Bäumen aus. Konrad hatte gestern einen Auftrag beim Generalvikariat. Da haben wir schon angerufen. Die wissen nix. Es muss ihm etwas zugestoßen sein.«

Schwere Schritte hallten durch den Gang, ohne dass jemand zu sehen war.

»Hm.« Walde zupfte sich am Ohr. Sein Kollege Rob, genannt der Schnauz, in Motorradkluft, einen Helm unter dem Arm, bog um die Ecke des Flurs.

»Hallo Robert, entschuldige, ich muss dringend zu einem Termin.« Walde versuchte ein freundliches Lächeln, als er Rob mit einer Armbewegung zum Stehen aufforderte. »Das ist Frau Marx mit Tochter. Könntest du bitte übernehmen.« Und zu den beiden Besucherinnen gewandt. »Mein Kollege wird alles zu Protokoll nehmen, was Sie auf dem Herzen haben. Wir kümmern uns darum.«

»Bitte, Herr Kommissar, beeilen Sie sich. Vielleicht liegt mein Mann irgendwo unter einem Baum, abgestürzt oder eingeklemmt, oder er hat sich mit der Motorsäge ins Bein geschnitten …« Sie weinte.

»Mama!« Die Tochter legte einen Arm um ihre Schulter.

Walde drückte den beiden stumm die Hand, bevor er den Flur entlanghastete.

*

Aus dem Besprechungszimmer drangen Gespräche, begleitet von Tassengeklapper, bis auf den Flur hinaus. Die Tür war nur angelehnt.

»Na endlich«, seufzte Gabi, als Walde den Raum betrat und auf den freien Platz am Tisch zuging, wo neben Gabi bereits Harry, Grabbe und Monika versammelt waren.

»Sorry, ich bin aufgehalten worden. Es ist mir unerklärlich, warum hier trotz hochmoderner Personenschleusc einfach so Leute im Haus herumlaufen.« Er griff nach seiner Kaffeetasse.

»Der ist schon kalt, nimm die hier.« Monika schob ihm eine frische Tasse hinüber.

»Gerade habe ich auf dem Gang eine Vermisstenanzeige entgegennehmen sollen.«

»Ach, ist der Mann schon hier?«, fragte Gabi.

»Nein, verschwunden! Ein Konrad Marx, Gärtner, mehr weiß ich nicht.«

»Ich meine den Mann, der heute Morgen hier angerufen hat. Das ganze Haus lacht über den Zettel, den seine Frau ihm zum Abschied auf dem Küchentisch hinterlassen hat. Wie war das noch?« Gabi lehnte sich im Stuhl zurück und verschränkte lachend die Hände im Nacken. »Bin den Kody schnackseln oder so.«

»Auf dem Zettel steht: ‚Bin den Codex knipsen'«, mischte sich Monika ein und verzog genervt das Gesicht.

»Dein Gärtner heißt nicht zufällig Codex?«, fragte Gabi, immer noch lachend.

»Kommen wir zum Thema.« Monika schlug eine pinkfarbene Mappe auf und nahm einen Stapel Blätter heraus. »Morgen beginnt das Treffen der International Police Association, zu dem wir hoch interessante Kollegen begrüßen dürfen.«

Walde seufzte, wie er an Monikas Reaktion bemerkte, einen Tick zu laut.

»Ja, Walde?«

»Nichts.«

»Das Programm für das IPA-Treffen selbst steht ja bereits seit einigen Wochen.« Sie reichte Blätter nach beiden Seiten weiter. Wie magisch angezogen fiel Waldes Blick auf einen Termin:

Mittwoch, 15 Uhr, Europäische Rechtsakademie: ,*Terrorgefahr im Umfeld von Massenveranstaltungen*', Vortrag von Kriminalhauptkommissar Waldemar Bock.

Ein unsichtbarer Ring verengte seinen Brustkorb. Er versuchte, sich auf Monikas Ausführungen zu konzentrieren.

»... haben wir noch eine Lücke im Freizeitprogramm. Unglücklicherweise haben das Landesmuseum, das Bischöfliche und das Städtische Museum geschlossen.«

»Wie bitte, alle zur gleichen Zeit?«, fragte Gabi.

»Das muss dich ja besonders hart treffen«, nuschelte Harry und wedelte gegen eine Rauchwolke aus Gabis Aschenbecher an.

»Ich denke nicht an mich, du Blödmann! Soviel ich weiß, ist Trier eine Stadt mit ein paar Millionen Touristen im Jahr.«

»Es gibt ja noch genug Römerbauten.« Harry schob den Aschenbecher weiter von sich.

»Und wenn es wie immer regnet?«

»Dann können sie ja ins Karl-Marx-Haus gehen.«

»Das hat leider auch zu«, bemerkte Monika. »Einzig das Spielzeugmuseum ist offen, aber da kann ich doch schlecht eine Delegation von internationalen Spitzenkriminalisten hinführen.«

»Was heißt das? Die haben alle mal klein angefangen. Spitzenkriminalisten, die kochen auch nur mit Wasser«, sagte Harry. »Die Porta Nigra hat ein Dach, und der Dom ist obendrein sogar beheizt.«

»Den besichtigen wir im Rahmen der Stadtführung am Mittwochnachmittag nach Waldes Vortrag. Aber bis zur Weinprobe haben wir noch eine Lücke von über einer Stunde.« Monika tippte auf das Blatt mit dem vorläufigen Programm.

»Wie viele Leute sind es insgesamt?«, fragte Grabbe.

»Knapp ein Dutzend.«

»Dann sollen sie doch ins Präsidium kommen, und wir zeigen Ihnen, was wir gerade in Arbeit haben. Mehr Praxis geht nicht.« Harry versuchte, Gabis rauchende Kippe im Aschenbecher mit Kaffee zu löschen.

»Hört sich nicht schlecht an«, sagte Monika. »Wir brauchen nichts extra zu organisieren und …«

Das Telefon neben Grabbe schrillte.

»Grabbe!« Er hörte einige Sekunden aufmerksam zu. »Schickt zwei Streifenwagen hin.« Als er auflegte und sich an seine Kollegen wandte, wirkte er nervös. »Hilferufe im Dom!«

»Wie bitte?«, fragte Monika.

»Aus der Schatzkammer.«

»Aber die ist doch auch geschlossen«, stellte Monika fest.

»Da stecken mehr Werte drin als in allen Banktresoren der Stadt zusammen.« Harry stand auf und riss seine Jacke von der Stuhllehne.

Walde beobachtete aus den Augenwinkeln, wie Grabbe sich mit der rechten Hand an den Türgriff klammerte und den ausgestreckten linken Arm und die nach vorn gedrückten Knie an die Rückenlehne des Vordersitzes presste. Vor jeder Kurve kniff er die Augen zusammen.

»Muss die Kripo kommen, wenn irgendwo jemand um Hilfe ruft?«, presste Grabbe heraus.

»Die Domschatzkammer ist nicht irgendwo, da sind Werte, mit denen die Stadt auf einen Schlag ihre ganzen Schulden bezahlen könnte«, entgegnete Harry. Fast drei Jahre waren es her, dass er sich bei einer versuchten Festnahme schwer am Bein verletzte und um ein Haar in Frühpension hätte gehen müssen. Gabi war als Vertretung von der Sitte in seine Abteilung gekommen und geblieben, als Harry nach zwei Jahren Pause wieder zurück kam. Sein noch leicht lädiertes Bein war Schuld, dass er vorhin den Wettlauf zum Auto verloren hatte.

An der roten Verkehrsampel gegenüber der Porta Nigra wechselte Gabi nach links auf die freie Abbiegespur zur Paulinstraße, um von dort scharf nach rechts quer über die Kreuzung in die enge Rindertanzstraße zu schlittern. Für einen Moment nahm sie das Gas zurück und das Martinshorn gewann die Oberhand gegen den heulenden Motor. Ein eilig die Straße in Richtung Bahnhof querender Reisender blieb mit weit aufgerissenem Mund stehen und wurde fast von seinem nachdrängenden Rollkoffer vor den Kühler des plötzlich aus dem Nichts auftauchenden Autos geschoben.

»Hey, sollen wir hier Wurzeln schlagen?«, maulte Harry vom Beifahrersitz. Er war offensichtlich sauer, weil Gabi ihm am Steuer zuvorgekommen war. Harry schien sich in keiner Weise von Gabis Fahrweise beeindrucken zu lassen. Ohne den Gurt angelegt zu haben und ohne die Straße eines Blickes zu würdigen, tippte er mit flinkem Daumen eine SMS in sein Handy.

Rechts setzte ein weißer Lieferwagen rückwärts aus einer schmalen Hauseinfahrt. Während der hintere Teil des Kastens schon weit in die Straße ragte, konnte der Fahrer die Straße noch nicht einsehen.

»Bleib stehen!«, rief Gabi.

Der Wagen rollte weiter nach hinten. Gabi ging nicht vom Gas.

»Das reicht nicht!«, brüllte Grabbe mit sich überschlagender Stimme.

Bremslichter leuchteten auf, aber zu spät.

Sie rasten auf die Lücke zu. Viel zu eng. Gabi fluchte. Walde hielt den Atem an, wartete auf den Knall. Bei Harry rastete der Sicherheitsgurt ein. Grabbe jammerte.

Einen Moment lang blieb es still.

»Das war knapp«, sagte Harry. »Alle Achtung! Woher wusstest du, dass der Lieferwagen im letzten Moment nach vorn fahren würde?«

»Weibliche Intuition, mein Schatz.«

Vor ihnen tauchten die Türme des Doms auf. Die Zufahrt zum Domparkplatz wurde von einer Reihe schmaler Stahlpfeiler blockiert. Gabi brachte den Wagen zum Stehen. »Hat jemand einen Schlüssel?«

Harry sprang hinaus und legte mit wenigen Handgriffen zwei der Poller um.

Wenige hundert Meter weiter stoppten sie vor dem Hauptportal des Doms, wo rund zwei Dutzend Leute versammelt waren. Als die vier aus dem Wagen stürmten, lösten sich zwei Geistliche winkend aus der Menge. Sie trugen grüne Schärpen über ihrer schwarzen Kleidung.

»Bruder Placitus. Wir haben vorsorglich die Besucher aus dem Dom gebracht«, begrüßte sie einer der beiden Domsakristane.

Vom anderen Ende des Platzes näherten sich zwei Polizeiwagen. Der Schall der Sirenen wurde von den Mauern ringsum vervielfältigt, als würde eine ganze Armada von Einsatzfahrzeugen anrücken.

Hinter dem Eingang ließ Walde den Blick über das Mittelschiff zum Altar mit dem Chor darüber schweifen. Seine Aufmerksamkeit wurde von den flackernden Kerzen an den Seitenaltären angezogen. Nirgends war ein Mensch zu sehen. Neben ihm klickten die Sicherungshebel von Gabis und Harrys Waffen. Grabbe folgte mit den beiden Geistlichen.

»Es kommt aus der Schatzkammer!«, sagte Bruder Placitus. »Ich wollte nicht aufschließen, wegen der Alarmanlage. Und wir wissen ja auch nicht, wer da drin ist.«

»In Ordnung!« Walde eilte durch den breiten Gang des rechten Seitenschiffs. Gabi und Harry sicherten seine Flanken, während die beiden Geistlichen versuchten, mit Grabbe Schritt zu halten. Der Klang der Schritte auf dem Marmorboden schien als einheitliches Echo von den hohen Wänden zurückgeworfen zu werden.

Draußen verstummten die Martinshörner. Walde hob den Blick zur Orgel, die hoch oben, einem Schwalbennest nachempfunden, an der Seite des Hauptschiffs klebte. Die automatische Eingangstür schwang auf. Weitere Polizisten in Uniform kamen mit gezückten Waffen herein.

»Sichert den Eingang und haltet euch bereit!«, rief Walde ihnen zu.

*

Sie hätte nicht um Hilfe rufen sollen. Noch nicht! Edith hörte mit Entsetzen, wie die Tür aufgerissen wurde und die Männer von letzter Nacht zurückkamen.

»Hat jemand ein Messer?«, fragte eine dunkle Stimme.

Sie würde nicht mehr um Hilfe rufen. Dafür war es nun zu spät.

Jemand legte ihr eine Hand auf die Schulter. Sie zuckte zusammen.

»Alles in Ordnung, Sie sind in Sicherheit.«

Sie zuckte erneut, als ihr Handgelenk berührt wurde.

»Mein Name ist Bock, Kriminalpolizei Trier. Sind Sie verletzt? Ich öffne Ihnen nun die Fesseln.«

Sie schüttelte den Kopf. Sie konnte nicht sprechen. Zu nah waren die Tränen, und wenn sie denen freien Lauf ließ, würde sich wahrscheinlich ihre Blase anschließen.

»Wie lange sind Sie schon hier gefangen?«

»Seit kurz nach Mitternacht.«

Nebenan wurde eine Nummer in ein Mobiltelefon eingegeben: »Schicken Sie einen Notarzt zum Dom!«

*

Die beiden Sakristane hatten den ohnmächtigen Domkapitular Alfons Adams behutsam von seinen Fesseln befreit und in eine stabile Seitenlage gebracht. Gabi und einer der Domgeistlichen begleiteten die Fotografin in die Sakristei zur Toilette. Walde nahm von der Tür aus den Raum in Augenschein. Alle Vitrinen waren beleuchtet. Die glänzenden Kelche, Kreuze und Monstranzen konnten seinen Blick nicht von den leeren Schaukästen, den Fotokoffern und dem Stativ vor der Staffelei in der Mitte des Raumes ablenken.

»Die Technik ist unterwegs«, raunte ihm Grabbe zu. »Harry kümmert sich darum, dass der Dom für Besucher gesperrt wird.«

Walde nickte. »Gib im Präsidium Bescheid, was passiert ist, damit eine Großfahndung eingeleitet wird. Keine Straßensperren, aber mit Grenzschutz und Interpol.«

»Mach ich.«

»Gut.« Walde war klar, dass die Täter mehr als neun Stunden gehabt hatten, um sich aus dem Staub zu machen. Für hektische Aktivitäten bestand kein Anlass. Draußen wurde eine Sirene lauter. Walde verließ die Schatzkammer und ging bis zur Treppe.

Sanitäter und eine Notärztin kamen im Laufschritt durch die sich automatisch öffnenden Glastüren.

Walde winkte. »Hierher!«

*

Wer weiß, vielleicht hatte auf dieser Toilette noch nie eine Frau Platz nehmen dürfen. Edith schloss beim Wasserlassen vor Erleichterung die Augen. Die Kriminalbeamtin mit den hohen Absätzen und der Kuttenträger, diesmal ein echter Geistlicher, hatten sie in die Domsakristei gebracht. Was heißt gebracht. Sie hatten sie mehr oder weniger schleifen müssen. Da, wo gestern Abend noch Füße waren, fühlte sie nur Watte.

Endlich schien ihre Blase geleert. Nachdem Edith die Wasserspülung gedrückt hatte, stützte sie sich beim Aufrichten mit der Hand auf den metallenen Spülkasten. An den Handgelenken und in ihrem Haar pappten noch Streifen des Klebebandes.

Mit einem Mal schossen unerträgliche Schmerzen in die gefühllose Watte. Edith stöhnte auf und ließ sich zurück auf die Klobrille fallen.

»Brauchen Sie Hilfe?« Die Stimme der Kripobeamtin klang besorgt.

»Meine Füße, sie tun entsetzlich weh.«

»Das Blut beginnt wieder zu zirkulieren. Das wird wohl noch ein Weilchen dauern. Bleiben Sie sitzen. Je weniger Druck auf den Füßen ist, umso weniger Schmerzen werden Sie haben.«

Erst glaubte Edith, die Ameisen seien wiedergekommen, doch diesmal krabbelten sie nicht nur, sie fraßen sich mit tausend Mäulern in ihre Beine. Gleichzeitig baute sich in ihrer Wade ein Druck auf, als würde sie von innen zum Platzen gebracht werden.

»Vielleicht sollten Sie sich hinlegen?«, sagte die Polizistin, die ihr Jammern hörte.

Durch die Tränen hindurch sah Edith auf den Boden, der sie so schmerzlich an die vergangenen Stunden erinnerte. »Doch nicht hier.«

»Ich bringe Sie raus«, sagte Gabi.

Die Schmerzen waren kaum mehr zu ertragen. Edith schrie auf, als sie sich aufrichtete und ihre Beine verkrampften.

Gabi half ihr, die Hose hochzuziehen. Einen Arm über die Schultern der Frau gelegt und von ihr um die Taille gefasst, ließ sie sich aus der Toilette schleifen und in den ersten Raum hinein bugsieren, der nicht verschlossen war.

Auf einer rohen Holzbank streckte sie sich aus, um gleich danach wieder zusammenzuzucken, als ihr der Schmerz erneut wie ein Stromschlag ins rechte Bein fuhr.

*

Eine Stunde später, Walde und Grabbe hatten eben einen Blick in die Domschatzkammer geworfen, in der die in hellen Overalls arbeitenden Kollegen der Technik nach Spuren suchten, kam ihnen auf dem Treppenabsatz Rob entgegen, eine große Tasche mit seiner Kameraausrüstung über die Schulter gehängt.

»Die Vermisstenmeldung von heute Morgen ...« Walde fiel es schwer, sich bei dem Kollegen, den er nicht mochte, zu entschuldigen. »Ich musste wirklich dringend zu einer Besprechung.«

»Kein Problem. Ich hab schon herausgefunden, wo der Gärtner gestern war.«

»Ja?«

»In der Kurie ...« Robert wechselte den Gurt der Fototasche auf die andere Schulter. «Gleich hab ich's, irgendwas mit Petrus oder so.«

»Bist du sicher?«, fragte Grabbe. Er zog ein blaues Büchlein, auf dem der Dom abgebildet war, aus der Jackentasche und blätterte darin.

»Die genaue Bezeichnung steht im Vernehmungsprotokoll.« Rob wechselte nochmals den Schultergurt.

Grabbe fuhr mit dem Finger eine Seite entlang. »Moment, hier müsste es sein.«

»Die warten auf mich.« Rob deutete zur Schatzkammer. »Bevor keine Fotos gemacht sind, kommen die nicht weiter.«

Grabbe klappte das Buch zu. »In der Kurie Peter-und-Paul wohnt der Domkapitular Prof. Dr. Alfons Adams.«

»Gibt's da alte Bäume?«, fragte Walde.
»Ich war noch nicht drin, aber gut möglich.«
»Danke Robert, lass dich nicht aufhalten.«

*

»Kann es Zufall sein, dass am gleichen Tag der Gärtner verschwindet und der Hausherr Opfer eines Verbrechens wird?«, fragte Walde, während er sein Mobiltelefon aus der Tasche zog.

Erst beim dritten Anwählen war Monikas Leitung frei. »Ich bin's nochmal. Es sieht danach aus, dass dieser Konrad Marx, der Gärtner, von dem wir heute Morgen gesprochen haben ...«

»Ich erinnere mich«, gab Monika zurück.

»... dass der gestern bei Adams im Kuriengarten gearbeitet hat. Das kann doch kein Zufall sein.«

»Oder sollte ihm doch ein Ast auf den Kopf gefallen sein?« Walde steckte sein Telefon ein, verließ die Sakristei und wandte sich dem Domausgang zu. »Wie viel Grad hatten wir heute Nacht?«

»Um die zwölf Grad oder etwas mehr«, antwortete Grabbe.

»Er hat womöglich die ganze Nacht im Freien gelegen.«

»Ein Gärtner ist das ganze Jahr über draußen, der kann was wegstecken. Vielleicht ist er an einer unversorgten Platzwunde verblutet.«

»Das werden wir sehen.« Walde eilte in großen Schritten auf den Ausgang des Doms zu.

Grabbe erhöhte seine Schrittfrequenz, um mit seinem Chef mithalten zu können. Vor ihnen glitt die Glastür auf.

Walde schaute sich auf dem Domfreihof um, der weiträumig abgeriegelt worden war. An der etwa hundert Meter entfernten Einmündung der Sternstraße standen Gaffer hinter einer Absperrung. Kameras wurden gezückt. Walde erkannte seinen Freund Uli, der am Hauptmarkt die Kneipe *Gerüchteküche* betrieb, in der Menge.

Durch die Windstraße gelangten Walde und Grabbe zum romanischen Ostchor, der von Baucontainern und blauen Klohäuschen gesäumt wurde. Rund um die sich dahinter anschließende Heiligrockkapelle türmten sich Erdhügel auf.

Zwischen den hohen Mauern der Predigerstraße hatte die Sonne noch keine Chance gehabt, den Regen der letzten Nacht wegzutrocknen. Links von einem großen Holztor markierte ein Bogen aus roten Sandsteinen im hell verputzten Mauerwerk, dass sich hier einmal eine Pforte befunden hatte. An einer niedrigen Holztür mit dicken Eisenbeschlägen und einem Klingelknopf ohne Schild blieben sie stehen.

»Das müsste die Kurie Peter-und-Paul sein.« Grabbe drehte das aufgeschlagene Büchlein mit der Karte des Dombezirks.

Walde drückte den Knopf. Es war kein Klingelton zu hören. Nach einer Weile drückte er nochmals die Klingel und pochte schließlich an die Tür. Nichts regte sich.

Er trat einen Schritt auf die Gasse zurück und betrachtete die üppig bewachsene Mauer und den darunter überstehenden, schräg ins Gemäuer führenden Stützstein.

»Du willst doch nicht etwa?« Grabbe folgte Waldes Blick.

»Wir müssen da rein.«

»Wir haben keinen Durchsuchungsbefehl«, gab Grabbe zu bedenken. »Außerdem ist das hier eine Domkurie, da klettert man nicht einfach so ...«

»Stell dich bitte mal hier hin«, Walde bugsierte seinen Kollegen mit dem Rücken an die Wand, nahm ihm das Buch aus den Händen und steckte es ihm in die Jackentasche. »Die Hände verschränken, Handflächen nach oben, den Rücken gerade halten.«

Walde stützte sich auf den Schultern des Kollegen ab und setzte den rechten Fuß in Grabbes verschlungene Hände. Als Walde oben einen dicken Ast zu fassen bekam, schaute er runter zur Straße, wo eine ältere Frau, einen Korb über dem Arm, an der Pforte stand, an der er soeben vergeblich geläutet hatte. Mit offenem Mund starrte sie zu den beiden Männern hinüber.

*

Dr. Hoffmann, Pathologe, kniete im Kutscherhaus neben der Leiche. »Zehn bis zwölf Stunden tot. Schädelverletzung. Tippe auf Sturz.« Er deutete auf die dunklen Flecken auf dem Boden neben der Holzleiter. »Das da könnte Blut sein.«

Walde verkniff sich zu dieser hochintelligenten Schlussfolgerung eine Bemerkung und fragte: »Hat er sich die Verletzungen selbst zugezogen?«

Hoffmann kam hoch und besah sich die Leiter.

»Sobald die Spurensicherung fertig ist, sollte mal nachgesehen werden, was der Gärtner da oben wollte. Wenn er wirklich Spezialist für Baumpflege war, dürfte er mit einer einfachen Holzleiter, deren Sprossen, soweit ich das sehe, intakt sind, umgehen können.«

»War er vielleicht betrunken?«

»Das werde ich prüfen.« Der Pathologe umkurvte am Boden stehende offene Koffer mit Gerätschaften der Spurensuche und verließ das Kutscherhaus. Am Rande eines Blumen- und Nutzgartens blieb er stehen und schaute sich um.

»Man fühlt sich in eine andere Welt versetzt.« Er ließ sich auf einer Steinbank nieder, verschränkte die Arme hinter dem Kopf und nahm sie wieder herunter, als er merkte, dass keine Rückenlehne vorhanden war.

Walde verdrängte für einen Moment alle Hektik und setzte sich neben ihn. Er wunderte sich, wie groß der Garten zwischen Mauer und der Kurie doch war. Sein Blick folgte einem Rundweg zu einem parkähnlichen Bereich mit hohen Bäumen. Daneben stand das herrschaftliche Haus der Kurie. Die wärmenden Strahlen der Sonne fielen durch das junge Grün eines riesigen Baumes.

Als habe er Waldes Gedanken gelesen, sagte Hoffmann: »Eine Weymouthkiefer. Die Bäume hier sind teilweise über zweihundert Jahre alt. Und das da sind Teile aus der Balustrade des Greiffenklauturms und Vasen aus dem barocken Domgiebel.« Er deutete auf die von Efeu überwucherten alten Steinmetzarbeiten. »Die hohe Mauer dahinter ist die Helenenmauer. Sie ist über tausend Jahre alt und schützte die Domherren.«

»Ich wusste gar nicht …«

»… die Zugezogenen wissen meist mehr über die Stadtgeschichte als die gebürtigen Trierer.«

»Ich wusste gar nicht«, setzte Walde von neuem an, »dass Sie sich auch in der Botanik auskennen.«

»Ich weiß, was Sie denken. So einer, der immer in Kellern unter künstlichem Licht arbeitet, sitzt auch abends und am Wochenende mit heruntergelassenen Rollläden in seiner Bude.«

*

Im Treppenhaus des Präsidiums schwirrte es wie in einem Bienenkorb. An den Wänden der Flure waren zusätzliche Stühle aufgestellt worden, um den dort wartenden Männern Platz zu bieten. Mit ihren Overalls und Latzhosen schienen sie direkt von der Arbeit hierher gekommen zu sein.

Monika saß mit leicht geröteten Wangen am Rechner und ließ die Finger über die Tasten fliegen. Die Tür zum Nebenraum stand offen. Dort füllte eine biblische Darstellung aus dem Codex den Monitor von Gabis Rechner, den Rob bediente. Gabi, eine Hand auf der Schulter ihres Kollegen, beobachtete, was vor sich ging. Am Tisch saß Harry, über ein Dokument gebeugt.

»Was ist da draußen los?«, fragte Walde von der Tür her.

»Alle Bauarbeiter, die mit der Renovierung am Dom zu tun haben, werden vernommen«, antwortete Monika, ohne von ihrem Rechner aufzublicken.

»Und?«

»Außer dass wir jede Menge Dolmetscher auftreiben mussten, ist noch nichts dabei herausgekommen.«

»Ist die Fotografin schon da?«, fragte Walde.

»Ich hab von ihrem Mann die Auskunft, dass sie sich zu Hause hinlegen musste«, antwortete Gabi.

»Wie geht's dem Domkapitular?«

»Liegt noch im Krankenhaus. Schwächeanfall, Blutstauungen in den Beinen, nach Auskunft der Ärzte braucht er Ruhe.« Monikas Telefon klingelte. Sie hörte kurz zu und sagte dann: »Dazu finden Sie aktuelle Infos unter www.polizeipraesidium-trier.de oder kommen Sie zur Pressekonferenz um …«, Monika stockte, »… ach so, Sie rufen aus Hamburg … ja, Fotos finden Sie auch.«

Beim näher kommen erwies sich das Dokument, in das Harry vertieft war, als ein Plan der Innenstadt.

»Wo ist Grabbe?«, fragte Walde.

»In der Pathologie.« Harry setzte einen Zeigefinger auf die Karte und zwinkerte Walde zu.

»Wie bitte?« Walde wusste um die Empfindlichkeit seines Kollegen Grabbe. Die Pathologie gehörte ebenso wie Bootsfahrten und Hubschrauberflüge zu den Dingen, die dem zart Besaiteten Übelkeit bereiteten oder ihn einer Ohnmacht nahe brachten.

»Da hat einer im Kutscherhaus der Kurie gehockt«, nuschelte Gabi, die Zigarette mit gefährlich langer Asche im Mundwinkel hängend, das linke Auge zugekniffen. »Der Gärtner war einfach nur zum falschen Zeitpunkt am falschen Ort.«

»Und vielleicht auch zu neugierig«, ergänzte Walde, dem wieder sein Vortrag einfiel, den er am nächsten Tag halten sollte. Es war der Bericht über einen versuchten terroristischen Anschlag auf das Stadtfest im vergangenen Jahr. Die Trierer Kripo hatte in letzter Minute den großen Knall während des Finales eines Marathons mit Massenankunft am römischen Stadttor Porta Nigra vereiteln können.

»Und was wollte der Große Unbekannte auf dem Dachboden?«, fragte Gabi.

»Wahrscheinlich den Domkapitular observieren«, sagte Harry.

»Die Vernehmungen haben überhaupt nichts gebracht?« Walde deutete mit dem Daumen hinter sich zum Flur.

»Zum zweiten Mal: nein, obwohl ziemlich klar ist, dass die Täter durch die zur Zeit renovierte Kapelle unter der Heiltumskammer in den Dom eingedrungen sind.« Gabi balancierte ihre Zigarette zum Aschenbecher.

»Und wo sind sie nachher raus?«, fragte Walde.

»Sie haben die Schlüssel des Domkapitulars mitgenommen. Entweder so, wie sie gekommen sind, oder durch den Seiteneingang zur Windstraße oder durch den Domkreuzgang. Vielleicht findet sich über die Presse jemand, der was in der Nacht beobachtet hat oder ...«

Es klopfte und Polizeipräsident Stiermann öffnete mit Schwung die Tür. »Gibt es schon was Neues? Der Oberbürgermeister hat mich gerade angerufen. Er lässt schöne Grüße an Herrn Bock ausrichten.«

»Danke.« Walde hatte eine Ehrung aufgrund der Verhinderung des Attentats auf das Stadtfest und der spektakulären Entsorgung einer Bombe ablehnen können. Nun hatte der OB zusammen mit dem Polizeipräsidenten zu dem am nächsten Tag beginnenden Treffen der International Police Association nach Trier eingeladen. Walde hatte die zweifelhafte Ehre, auf dieser Veranstaltung einen Vortrag halten zu dürfen.

»Besteht ein Zusammenhang zwischen dem Mord an dem Gärtner und dem Raub in der Domschatzkammer?« Der Polizeipräsident schaute ihn fragend an.

»Vieles deutet darauf hin, dass der Domkapitular mehrere Tage lang observiert wurde. Das klärt zur Zeit die Technik ab«, half Monika aus.

»Der OB ist in höchster Sorge wegen des Ausfalls einer weiteren Touristenattraktion und fragt, natürlich mit dem notwendigen Verständnis für unsere Ermittlungen, ob es erste Ermittlungsergebnisse gibt und wann der Dom wieder für den Publikumsverkehr freigegeben werden kann.« Der Polizeipräsident deutete eine devote Verbeugung an, wobei er die Hände wie zum Gebet zusammenlegte, bevor er sich auf einem freien Stuhl am Tisch niederließ.

»Die Maschinerie läuft gerade erst an. Die Täter haben mehr als acht Stunden Vorsprung und was den Dom angeht, ist das hauptsächlich eine Angelegenheit der Technik. Das ganze Gebäude muss durchsucht werden. Das ist im Dom ja nicht gerade ein Pappenstiel. Hinzu kommt die Kurie des Domkapitulars Prof. Dr. Adams mit allein dreitausend Quadratmetern Garten, einem herrensitzähnlichen Anwesen und mehreren Nebengebäuden«, erklärte Walde.

Stiermann scharrte mit seinen Cowboystiefeln, die er von seinem letzten Besuch in Fort Worth mitgebracht hatte, über die Holzdielen. »Es wundert mich, dass sich der Bischof noch nicht gemeldet hat.«

»Der weilt zur Zeit am See Genezareth«, gab Monika Auskunft.

*

»Wo willst du hin?«, rief Gabi ihm nach, als Walde im Hof des Polizeipräsidiums in seinen Wagen stieg.

»Hab ich doch vorhin gesagt, zum Dom.«

»Nimmst du uns mit?«

Gabis Absätze bohrten sich in die Erdkrümel auf der Fußmatte, die von Doris' Laufschuhen stammten. Ihr Lederrock knisterte auf dem Sitzpolster. Harry stieg hinten zu. Während Walde durch das Tor auf die Straße fuhr, klappte Gabi die Sonnenblende herunter und hielt ihr Gesicht dicht vor den Spiegel.

Walde bremste bei Gelb vor der Ampel. Gabi zog den Lippenstift nach und schob eine Kassette in den Rekorder, bevor sie sich wieder zurücklehnte.

»Listen to the dialogue and decide which sentence …«

»Hältst du deinen Vortrag in Englisch?«, fragte Gabi.

»Nein«, sagte Walde. »Soviel ich weiß, können die Kollegen zwischen einem halben Dutzend angebotener Simultanübersetzungen wählen.«

»Und warum läuft das dann?« Sie deutete auf das Armaturenbrett.

»Englisch wird wohl am meisten gesprochen, bis auf einige Fachreferate.«

»Aha.« Gabi drückte ein paar Knöpfe an der Musikanlage, bis sie wieder auf Radio umgestellt hatte.

»Wo soll ich euch absetzen?«

»So nahe wie möglich am Hauptmarkt. Haben wir das nicht vorhin abgesprochen? Wir nehmen eine Pension in der Dietrichstraße unter die Lupe. Da ist ein Großteil der Leute einquartiert, die mit der Renovierung der Kapelle im Dom beschäftigt sind.«

Walde parkte auf dem immer noch für Zivilfahrzeuge gesperrten Domfreihof. Er sah seinen beiden Kollegen nach, die sich zwischen den Schaulustigen hindurchzwängten, die ihren Einkaufsbummel mit einem Besuch der Sternstraße verbanden. Ihn überkam Hunger. Er folgte den beiden durch die Menge. Als er in Richtung Hauptmarkt schaute, waren Gabi und Harry schon nicht mehr zu sehen.

Fast alle Tische in der *Gerüchteküche* waren besetzt. Uli kassierte Gäste an der Theke ab. Walde setzte sich an einen Ecktisch, von dem aus er das Lokal und das Fenster im Blick hatte. Er stellte verschmutzte Teller und Tassen zusammen, wischte Krümel von der Tischplatte in seine Hand und warf sie in den Aschenbecher.

»Hallo.« Elfie, Ulis Freundin, steuerte aus der Küchentür direkt auf Walde zu. Sie war die Mitinhaberin der *Gerüchteküche* und schmiss den Laden. Uli, ehemaliger Redakteur der Tageszeitung, versuchte seit Jahren, eine kleine Zeitung mit dem Titel *Extrablatt* zu etablieren, die es noch nicht geschafft hatte, regelmäßig zu erscheinen.

»Baguette Provence mit Crème fraîche und dazu einen Darjeeling?«

»Danke, genau das«, antwortete Walde. »Wie läuft der Laden heute?«

Sie nickte und sagte halblaut: »Gut, aber das passt Uli

im Moment gar nicht, wo er doch endlich mal wieder ein brisantes Thema für sein Blättchen hat.«

Kaum hatten die Leute an der Theke bezahlt, kamen neue Gäste herein. Elfie nahm das Geschirr von Waldes Tisch mit.

»Hallo, Walde, du hier?«, rief Uli vom Nachbartisch herüber, wo er klappernd das Geschirr abräumte.

»Warum?«

»Ich meine, heute, wo doch ...« Uli eilte mit dem Geschirr zur Theke und kam mit einem Stapel Speisekarten zurück, die er den neuen Gäste reichte.

Waldes Mobiltelefon klingelte.

»Ich bin noch in der Pathologie.« Grabbe klang, als ringe er nach Atem.

»Ist dir schlecht?«, fragte Walde.

»Nein, wieso?«

»Du hörst dich deprimiert an.«

»Ganz im Gegenteil, ich hab gelacht!« Grabbe begann zu kichern. »Kennst du den mit dem Skelett und dem Arzt?«

»Grabbe, bitte verschone mich mit Hoffmanns alten Witzen.« Walde schob sich ein Stück weißen Kandiszucker in den Mund.

»Ich hab den noch nie gehört.«

»Dann solltest du öfter zur Pathologie gehen.«

»Der Karl Marx ist in der Kurie gestorben.«

»Ich dachte, in London.«

»Hab ich Karl gesagt?«

»Hm.«

Elfie servierte das Baguette und stellte ein Tee-Kännchen und eine Tasse auf den Tisch.

»Ich meinte natürlich Konrad Marx. Wenn er nicht ausgerutscht ist, könnte er gestoßen worden und mit dem Kopf auf eine Sprosse gestürzt sein. Es könnte ihm aber auch ein Schlag mit einem stumpfen Gegenstand versetzt worden sein. Die wahrscheinlich zum Tode führende Verletzung liegt etwa auf einer Linie zwischen Augen und Ohren. Beim Sturz von der Leiter hat er noch weitere Knochenbrüche erlitten. Wusstest du übrigens, dass jeder Mensch über 230 Knochen hat?«

»Ich hab meine noch nicht gezählt.« Walde konnte dem Baguette nicht widerstehen. Er biss eine kleine Ecke ab.

»In der Nase sind zum Beispiel gar keine Knochen, das sind Knorpel.«

Walde wischte sich gebackenen Käse von der Oberlippe. »Das deckt sich mit den Erkenntnissen der Spurensicherung, die festgestellt hat, dass sich eine zweite Person oben im Kutscherhaus aufgehalten haben muss.«

»Ein Knochen gilt ja gewissermaßen als tot, aber ein Knochenbruch …«

Walde hatte genug, legte auf und platzierte das Handy neben seinen Teller. Anatomischen Ausführungen aus zweiter Hand zu lauschen, dazu hatte er jetzt weder Nerven noch Zeit. Er schenkte sich Tee ein und gab Kandiszucker dazu.

Gerade hatte er einen großen Happen vom Baguette abgebissen, als sein Handy erneut klingelte.

»Die Fotografin ist hier«, teilte Monika mit.

Walde wollte mit dem dampfenden Tee nachspülen und verbrannte sich die Lippe.

»Um die muss sich ein anderer Kollege kümmern.« Er

kaute hastig. »Ich bin noch nicht fertig.«

»Das hört man.« Monika legte auf.

Uli kam herüber und reichte ihm ein Blatt. Walde las die fette Headline:

MORD, RAUB UND GEISELNAHME

Größter Kunstraub dieses Jahrhunderts

Uli blieb abwartend stehen. Walde überflog den Text, in dem detailliert geschildert wurde, was sich in der Nacht im Dom zugetragen hatte. Vom Tod des Gärtners in der Kurie des Domkapitulars wurde ebenfalls berichtet. Walde las:

Domkapitular Prof. Dr. Alfons Adams hat vor Jahren als Entdecker des Grabes von Friedrich Spee, dem Kämpfer gegen den Hexenwahn, für überregionales Aufsehen gesorgt. Adams' Hund, der auf den bezeichnenden Namen Hexe gerufen wurde, ist in der letzten Woche im selben Garten vergiftet worden, in dem nun ein Gärtner unter mysteriösen Umständen ums Leben kam ... Im Trierer Dom ist die Hölle los ...

Walde schmunzelte und las weiter.

... Mit dem Egbert-Codex ist eine kostbare Handschrift aus einer internationales Aufsehen erregenden Ausstellung in der Domschatzkammer verschwunden – noch bevor diese eröffnet werden konnte. Die 60 kunstvoll gefertigten Bilder wurden vor mehr als tausend Jahren von Mönchen handgemalt und gehören zum UNESCO-Weltkulturerbe. Ihr Wert ist mit 55 Millionen Euro versichert. Was – wie aus Expertenkreisen zu hören war – letztlich nicht das deckt, was ein Verkauf erbringen könnte. Mit den Meisterwerken der Buchmalerei sind zwei weitere unschätzbar wertvolle und unersetzliche Exponate aus der Domschatzkammer geraubt worden: Der Andreas-Tragaltar und der heilige Nagel vom Kreuze Christi, den, der Überlieferung nach, Helena, die Mutter Kaiser Konstantins, zusammen mit dem Heiligen Rock und anderen Reliquien nach Trier brachte ...

Waldes Telefon klingelte.

»Ich muss hier weg!«, brüllte Gabi gegen eine Geräuschkulisse von grölenden Kindern in Schulklassenstärke an. »Jugendherbergen habe ich noch nie ...«

»Was ist das für ein Krach?«, fragte Walde.

»Ruhe jetzt, verdammt noch mal, sonst ...«, Walde musste den Hörer vom Ohr nehmen, »... werd ich böse«, vervollständigte Gabi den Satz. Um sie herum war es auf einmal mucksmäuschenstill.

»Was ist passiert?«

»Ich hab die Kids in meine Handtasche sehen lassen.«

Im Präsidium rankten sich Legenden um den Inhalt von Gabis Handtasche. Was genau sich darin befand, wusste niemand zu sagen. Die Spekulationen reichten von einer Sammlung alter Hufeisen bis zu einer 38er Magnum.

» ... von den Typen wohnen im Kaiser Konstantin in der Rindertanzstraße.«

»Wer?«

»Vier Restauratoren oder Maler wohnen dort.«

»Das guck ich mir gleich mal selbst an«, sagte Walde.

»Überstürze nichts, trink deinen Wein in Ruhe aus und sag Uli einen schönen Gruß.«

»Ich hab …« Walde hielt inne. Gabi hatte aufgelegt.

Uli räumte den leeren Teller von Waldes Tisch. »Nachdem ich das Rauchverbot aufgehoben habe, überlege ich, das Telefonieren zu verbieten.«

»Ich wusste schon immer, dass du der geborene Gastronom bist … und ein lausiger Journalist.« Walde tippte auf das Blatt vor sich. »Das ist Bildzeitungsniveau von Mitte der achtziger Jahre. Größter Kunstraub dieses Jahrhunderts.«

»Zugegeben, das Jahrhundert ist noch jung …«

»Und wie kommst du auf die Geschichte mit dem Hund? Musst du jetzt auch schon die Zielgruppe derer bedienen, denen ein Menschenleben wenig bedeutet, die aber sofort in Tränen ausbrechen, wenn einem Tier Unrecht geschieht?«

»Quatsch, das mit der Hexe, das stimmt.«

»Der Adams kann wie jeder Jesuit ein ganz harter Hund sein …« Walde zuckte zusammen, als er Gabi draußen vor dem Fenster stehen sah.

»Quid pro quo?«, fragte Uli.

»Quo was?«

»Quid pro quo? Ich denke, du hast das große Latinum?«, regte sich Uli auf.

»Sorry.« Walde sah Gabi nach, die sich mit nach oben gestrecktem Mittelfinger in Richtung Simeonstraße entfernte. »Wie meinst du das?«

»Wir hatten vereinbart, dass unsere Freundschaft grundsätzlich hinter Informationen zu deinen aktuellen Fällen zurücksteht.«

Walde nickte.

»Es sei denn …«, Uli brach ab.

»Ja?«

»… ich habe Informationen, die nicht auf Monikas Internetseite für die Presse stehen.«

»Jeder halbwegs brave Bürger meldet seine Beobachtungen der Polizei, wenn er der Ansicht ist, ihr damit bei den Ermittlungen helfen zu können.«

»Ja.« Uli nickte heftig. »Und geht bei Grün über die Straße, wirft keinen Kaugummi auf den Bürgersteig, parkt immer vorschriftsmäßig …«

»… komm bitte zum Punkt!«

»Wer ist die Frau, der Professor Adams nächtens im Dom eine ganz private Führung hat angedeihen lassen?« Uli sah ihn forschend an. »Also, ich möchte wissen, welches Innenverhältnis zwischen den beiden besteht.«

»Innenverhältnis, aha. Ich ahne, worauf du hinaus willst.« Walde versuchte, seine Gefühle unter Kontrolle zu halten. »Und was bietest du mir dafür?«

»Ein paar von den griechischen Malern und den anderen Arbeitern aus der Domkapelle sind ab und zu mal hier. Da ist vor zwei Wochen ein Typ aufgetaucht, der hat sich an die rangeschmissen.«

»Aha.«

»Was ist mit der Frau?«

»Falls du mit Innenverhältnis und privater Führung andeuten willst, dass die beiden ein tête-à-tête hatten, so kann ich dir eine Verleumdungsklage ersparen. Die Frau ist Fotografin und war rein dienstlich mit Adams unterwegs. Das wird Monika bei der Pressekonferenz am Spätnachmittag bekannt geben.«

*

Harry saß in einem der halbhohen Sessel in der Lobby des Hotels Kaiser Konstantin, vor sich auf dem Tisch eine Tasse Kaffee. Er blätterte in einem Stapel kleinerer Blätter im DIN A6-Format und wurde erst auf Walde aufmerksam, als dieser sich neben ihm auf einer Zweiercouch niederließ.

»Mit griechischen Namen hab ich es nicht so.« Harry reichte Walde die Hälfte der Blätter hinüber. »Ich kenne nur ein paar griechische Philosophen: Odysseus, Rehakles oder so. Vielleicht waren es auch Götter.«

Walde ging nicht auf Harrys Bemerkung ein.

»Schau mal an, Salvatore Montalbano aus Vigàta hält sich in Trier auf.« Walde blätterte die Anmeldeformulare der Gäste durch und blieb gleich darauf erneut an einem Namen hängen.

»Wo liegt das?«

»Nirgendwo in Sizilien ... Och,« stieß Walde aus. »Kay Scarpetta, auch nicht schlecht.«

»Sagt dir der Name Erich Van Veeteren etwas?«, fragte Harry.

»Und ob.« In diesem Moment hielt Walde die Anmeldungen von Hanne Wilhelmsen, Kurt Wallander und Guido Brunetti in der Hand.

Eine Frau im dunklen Anzug stand vor der Sitzgruppe. »Darf ich den Herren etwas anbieten, Kaffee, Tee, Wasser?«

»Das ist Kriminalhauptkommissar Beck ... äh ... Bock«, stellte Harry Walde der Dame vor, die, wie das

Schild an ihrem Revers Auskunft gab, Linda irgendwas, Management, hieß.

Walde versuchte vergeblich, den Namen zu entziffern. »Wie kommt es, dass Sie heute die Creme der Krimiszene beherbergen?«

»Wie bitte?«

Walde überreichte ihr die aussortierten Blätter. Beim zweiten Blatt zeigte sie zum ersten Mal eine Regung. Beim dritten sagte sie: »Aber das kann doch«, um beim vierten den Satz zu vervollständigen, »kein Zufall sein.«

»Zumal die Personen, soweit mir bekannt, fiktive Romanfiguren sind.«

»Haben Sie sich denn nicht die Ausweise Ihrer Gäste zeigen lassen?«, wollte Harry wissen.

»Das war nicht nötig, die Zimmer werden bezahlt. Einen Moment, bitte.«

Walde beobachtete, wie die Frau zur nahen Rezeption ging. Er fragte sich, warum sich so viele Frauen in Banken, Versicherungen, Hotels und auch sonst im Business wie Männer kleideten.

Unter ihren flinken Fingern gab die Tastatur leise Maschinengewehrsalven von sich.

»Es scheint«, sagte die Hotelmanagerin gedehnt, ohne das Klappern zu unterbrechen, »dass die Personen alle zur selben Gruppe gehören.« Sie schaute die beiden Polizisten an. Als diese nichts sagten, fügte sie hinzu: »Wie gesagt, die Zimmer werden bezahlt. Es handelt sich um einen Kunden, dem wir vertrauen.«

»Deshalb haben Sie keine korrekten Anmeldungen?«

»Ja, es hat alles seine Ordnung, glauben Sie mir. Mehr darf ich nicht sagen.«

»Mir ist es scheißegal, wer die Kosten für diese Leute übernimmt.« Als Harry die andere Seite der Rezeption erreicht hatte, zeigte der Bildschirm lediglich die stummen Steinriesen von Stonehenge.

*

Walde kam es so vor, als sei er darauf konditioniert, sobald er in dem weich gepolsterten Besuchersessel des Polizeipräsidenten Platz nahm, von einer plötzlich auftretenden Müdigkeit übermannt zu werden, die ihn alles, was um ihn herum vorging, nur noch oberflächlich wahrnehmen ließ. Der Chef hatte ihn zu einem Gespräch unter vier Augen in sein Büro gebeten.

Stiermann füllte Eiswürfel in ein Glas. »Sie auch?«

Walde nickte. Wenn Stiermann einen Whisky ausschenkte, brauchte er in erster Linie selbst einen, weil er befürchten musste, der Situation nicht mehr gewachsen zu sein.

»Mir liegt eine Beschwerde der Geschäftsführung des Grand Palace vor. Sie hätten Zutritt zu allen Zimmern verlangt und die Geschäftsdaten einsehen wollen.« Stiermann reichte Walde ein Glas und nahm im knirschenden Leder eines Sessels Platz. Er nahm einen großen Schluck.

»Grand Palace?« Walde verstand nichts.

»Zu dieser Kette gehört in Trier das 4-Sterne Superior Hotel Kaiser Konstantin, ein leuchtendes Beispiel für behutsame und bis ins Detail gelungene Erhaltung kostbarer historischer Bausubstanz in unmittelbarer Nähe des UNESCO-Weltkulturerbes und Trierer Wahrzeichens, der Porta Nigra.«

Walde hielt vergeblich nach einem Blatt Ausschau, von dem der Polizeipräsident ablas. Die Fähigkeit, längere Passagen auswendig vorzubringen, gehörten wohl zu den unabdingbaren Eigenschaften dieses Jobs.

»Auch der OB ist besorgt, und nun hat sich auch noch unser Bischof Engels aus Israel zugeschaltet«, fuhr Stiermann fort. Er nahm abermals einen tiefen Schluck. »Er hat sein Besuchsprogramm abgebrochen und wird umgehend in seine Diözese zurückkehren.«

»Zum einen war die Dame an der Rezeption nicht sehr kooperativ, darüber hinaus hat sie uns, ich möchte jetzt mal keine Absicht unterstellen, missverstanden. Natürlich wollten und werden wir nicht das ganze Hotel durchsuchen, sondern nur die Räume, zu denen die Verdächtigen Zutritt hatten. Es handelt sich um vier griechische Ikonenmaler.« Walde nahm einen Schluck aus seinem Glas. Der Whisky schmeckte ihm heute besser, als er erwartet hatte und weckte zudem seine Lebensgeister. »Wir haben bereits einen Durchsuchungsbefehl für die gewünschten Zimmer erhalten. Die Spurensicherung wird, sobald sie mit der Pension in der Dietrichstraße fertig ist, gleich weiterziehen. Und in diesem Zusammenhang wird auch geklärt werden, um wen es sich bei diesen ominösen Krimihelden handelt, die offensichtlich unter falschem Namen abgestiegen sind.«

»Da kann ich Sie beruhigen. Es handelt sich um zwei Kollegen der International Police Association, die zu

Hause undercover arbeiten und nicht mit Klarnamen auftreten möchten. Safety first, Sie verstehen?«

»Es sind mehr als zwei Gäste, die unter falschem Namen im Kaiser Konstantin abgestiegen sind.«

»Man hat sich im Vorfeld des Treffens darauf verständigt, dass sich alle dort untergebrachten IPA-Angehörige eine andere Identität zulegen sollten.«

»Na toll.« Walde schüttelte den Kopf.

Stiermann stand auf und schenkte sich nach. »In der nächsten Woche wird Bundespräsident Köhler als Schirmherr der Codex-Ausstellung in Begleitung der Kulturbeauftragten der Bundesregierung nach Trier kommen. Und jetzt das! Der Fall hat eine gewaltige Dimension angenommen.«

Walde hätte wetten können, dass der Polizeipräsident kalte Füße bekommen hatte und das Landeskriminalamt einschalten wollte. Er musste in Kauf nehmen, die Verantwortung für eine misslungene Ermittlung übernehmen zu müssen. So kurz vor dem am nächsten Tag beginnenden IPA-Treffen, bei der die Arbeit der Trierer Kripo als richtungsweisend für gute Polizeiarbeit präsentiert werden sollte, konnte er schlecht seinen eigenen Leuten in den Rücken fallen.

»Sagen Sie Bescheid, wenn Sie Hilfe brauchen.«

Walde nahm dies als Aufforderung an, trank sein Glas leer. »Können wir das IPA-Treffen absagen?«

»Wie stellen Sie sich das denn vor? Die Leute sind bereits, teils von weither, angereist. Außerdem handelt es sich diesmal um keine geschlossene Gruppe wie das bei den Kollegen aus Paris oder aus Tallinn der Fall war, sondern um einzelne Besucher aus verschiedenen europäischen Ländern und sogar aus den USA.«

»Können wenigstens alle an dem Fall arbeitenden Leute von dem Treffen freigestellt werden?«

»Da bleibt doch kaum jemand übrig. Da müssen wir jetzt durch.« Stiermann schüttelte den Kopf und verabschiedete Walde mit seiner Lieblingsfloskel. »See you!«

Beim Hinausgehen streifte Waldes Blick das schmale Bücherregal, in dem der Bildband ‚Texas' in türkischer Sprache nach hinten gerückt war. Die ignoranten amerikanischen Kollegen der IPA aus Fort Worth hatten Stiermann das Buch geschenkt in der Annahme, es würde sich um eine Ausgabe in deutscher Sprache handeln. Walde schaute nochmals zurück und las verwundert die Namen Patricia Cornwell, Jacques Berndorf und Hakan Nesser auf den Rücken der davor stehenden Bücher.

Die Seitenstraße war schwer zu finden. Gabi parkte ihren Wagen auf einem der beiden leeren Kundenparkplätze vor dem Fotostudio, einem flachen Anbau mit viel Glas. An der Tür klebte ein Schild ‚Geschlossen'. Nebenan im Haus öffnete ihr Ediths Ehemann die Tür. Sie kannte ihn bereits, denn er hatte am Morgen seine Frau im Dom abgeholt. Er führte Gabi durch einen kleinen Flur, wo hinter einer geschlossenen Tür eine Vorabendserie zu hören war, in den ersten Stock. In einem kleinen Zimmer mit Dachschräge lag Edith Basten auf dem Sofa, an Kissen gelehnt und eine rote Wolldecke um Beine und Hüften geschlungen. Ein Deckenfluter warf schwaches Licht in den Raum. Gabi sah Einbauschränke unter der Schräge und einen Schreibtisch, auf dem ein extragroßer Flachbildschirm stand. Der Mann blieb im Türrahmen stehen.

»Hallo, Frau Basten, wie geht's?« Gabi ergriff eine kalte Hand. Edith wirkte blass, ihre Wangenknochen schienen noch stärker hervorzutreten als am Morgen. Das ließ die dunklen Augen größer und verlorener erscheinen. Sie stöhnte leise. »Noch nicht gut. Wie geht es Professor Adams?« Sie wies auf einen Korbsessel.

»Er liegt noch im Krankenhaus. Darf ich Ihnen ein paar Fragen stellen?« Gabi gab ihr Vorhaben auf, die Frau zu bitten, mit ins Präsidium zu kommen, und nahm in dem Sessel Platz.

»Warum waren Sie so spät im Dom?«, fragte Gabi, nachdem sie den angebotenen Tee abgelehnt hatte.

»Herr Adams meinte, das sei die einzige Zeit, in der die Alarmanlage ausgeschaltet werden könnte, um die Vitrinen in der Schatzkammer zu öffnen.«

»Was haben Sie gesehen?«

»In den Schaukästen?«

»Nein, von den Tätern.«

»Zwei Männer in Mönchskutten, der ältere mittelgroß, um die einsachtzig, der andere etwas kleiner.«

»Haarfarbe?«

»Konnte ich nicht sehen, sie hatten Kapuzen auf.«

»Wie alt schätzen Sie die Männer?«

»Schwer zu sagen, sie haben mir ein Band über die Augen geklebt ... und über den Mund ...« Sie stockte und hielt sich eine Hand vor den Mund. Ihre Beine bewegten sich unruhig unter der Decke. »Der eine war jünger und kräftig, hatte raue Hände. Der andere schien älter zu sein und auch das Sagen zu haben.«

»Was heißt das?«

Sie erzählte, wie sie den Raub in der Schatzkammer

erlebt hatte. Immer wieder musste sie Pausen einlegen. Gabi beugte ihren Kopf zu der Zeugin, deren Worte allmählich in ein Flüstern übergingen.

Edith trank einen Schluck aus ihrer Teetasse. »Ich glaube, es sollte nur der Codex gestohlen werden. Der jüngere Mann hat die Gelegenheit genutzt und die anderen Sachen mitgehen lassen. Ahnung hatte der keine, sonst hätte er das Ada-Evangeliar und das Perikopenbuch des Kuno von Falkenstein mitgenommen oder andere kostbare Handschriften.«

*

»Guck mal, der Mann aus dem kleinen Kasten kommt uns besuchen!« Doris schaute weiter zum Bildschirm, während Walde ihr einen Kuss auf die Wange drückte und ihr Annika vom Schoß nahm. Auf der Mattscheibe sah er sich mit ernster Miene in die Kamera sprechen, die Haare zerzaust, eine Kragenecke des Hemdes über, die andere unter dem Revers der Jacke.

Das Kind strampelte: »Da, da.«

Walde stellte es auf den Fußboden, wo Annika sich an seine Hosenbeine klammerte. Überrascht registrierte er das RTL-Logo in der oberen linken Bildschirmecke. »Ich dachte, es ist das Lokalfernsehen.«

»Es kam auch schon im Zweiten«, sagte Doris.

Der Trierer Dom erschien auf der Bildfläche. Es folgten

Archivaufnahmen des Codex und der gestohlenen Exponate aus der Domschatzkammer. Dann eine Überblendung auf den korrekt gekleideten und frisierten Staatsanwalt Roth, der mitten in einer ausführlichen Erklärung, wie bekannt und demzufolge unverkäuflich die geraubten Gegenstände seien, unterbrochen wurde.

»Der tut ja so, als hätten die Täter kaum Chancen zu entkommen«, regte sich Walde auf. »Ich möchte die Sachen wieder beschaffen.«

»Und was ist mit den Räubern?«, fragte Doris.

»Die will ich auch kriegen, aber wenn das so wie mit dem ‚Schrei' von Edward Munch läuft, den die Gauner wahrscheinlich in Panik verbrannt haben, ist niemandem geholfen.«

Der runde Kopf eines schwarz gekleideten Herrn mit Brille in Fahrradform füllte den Bildschirm.

»War der Bischof auch bei der Pressekonferenz?«, fragte Doris.

»Nein, der wandelt am See Genezareth, ich meine, der weilt dort«, verbesserte sich Walde. »Das da ist auf irgendeinem Flughafen …«, er stellte den Ton lauter.

»… hat seine Israelreise abgebrochen.«

»Dann hockt er womöglich am Sonntagabend wieder in der Schwafelrunde bei der Christiansen und lässt sich über die zunehmende Respektlosigkeit der Verbrecher aus«, seufzte Walde und nahm Annika auf den Arm.

Mittwoch

Walde war früh auf den Beinen. Endlich regnete es nicht mehr. Er hatte es dankbar registriert, als er vor dem Frühstück Katzenfutter in den Napf auf der Terrasse schaufelte.

Dennoch prasselten ihm dicke Tropfen auf Kopf und Schulter, als er unter den von einer Windbö gerüttelten, über die Mauer ragenden Ästen der hohen Zeder sein Auto aufschloss. Während der kurzen Fahrt gingen ihm ein halbes Dutzend Dinge durch den Kopf, die er im Laufe des Morgens neben Routineermittlungen und dem unvermeidlichen, niemals vorhersehbaren Tagesgeschäft angehen wollte. Obendrein begann heute das Treffen der International Police Association, für die er und sämtliche Kollegen eigentlich keine Minute erübrigen konnten. Gestern hatte niemand darüber gesprochen, als hofften alle, die ganze Geschichte würde sich vielleicht über Nacht in Wohlgefallen auflösen. Dazu kam, dass er einen Vortrag halten musste. Wenn es möglich gewesen wäre, hätte er ein Fingerglied dafür hergegeben, diesen Kelch an sich vorübergehen zu lassen. Wenn auch nur vom kleinen Finger der linken Hand, der von einem Gitarristen, wenn überhaupt, am wenigsten gebraucht wurde.

Immer noch in Gedanken versunken, grüßte er, ohne sie wirklich wahrzunehmen, die beiden Kollegen hinter dem Panzerglas in der Schleuse des Polizeipräsidiums und hatte keine Augen für Uli, der im Foyer auf ihn zukam.

»Noch nicht ganz wach?«

An diesem Ort, um diese Zeit hatte Walde seinen Freund am wenigsten vermutet.

»Doch, klar, aber was …«

»… wir haben auf dich gewartet. Die da«, er deutete auf den Eingangsbereich, »wollten uns nicht zu deinem Büro lassen.«

»Ich war ja auch nicht da.« Walde nickte den beiden im Glaskasten zu und überlegte, ob die auch gestern Dienst hatten und einen Anschiss bekommen hatten, weil sie die Frau des ermordeten Gärtners ohne Rücksprache ins Haus gelassen hatten.

»Nicht da. Wie meinst du das? Physisch oder psychisch?«, fragte Uli.

Walde drückte den Fahrstuhlknopf. »Entschuldige, um diese Zeit sind mir deine verschrobenen Gedankengänge noch zuviel.«

»Das ist Nicolaos«, sagte Uli und deutete auf einen Mann in beigefarbenem Anzug und dunklem Hemd. Der Mann hatte ein Bild betrachtet und kam nun zu ihnen herüber.

»Wie bitte?« Walde drückte dem unsicher wirkenden Mann die Hand.

»Nicolaos ist einer von den Ikonenmalern, ich hab dir von ihm erzählt. Er ist von dem Typen angesprochen worden.« Uli schaute Walde forschend an. »Ich dachte, das ist wichtig, falls es was mit dem Domraub zu tun haben sollte.«

»Danke, dass du … dass ihr gekommen seid.«

Die Fahlstuhltür öffnete sich und die Männer traten ein.

Kaum hatte Walde sein Büro aufgeschlossen, eilte er schon zum Fenster, um es, wie er es noch vom alten asbestverseuchten Präsidium gewohnt war, weit aufzureißen.

»Ja, dann möchten wir gerne gleich anfangen«, sagte Uli.

»Womit?« Walde musterte den im Gegensatz zu Uli glatt rasierten Nicolaos mit der hellen Haut, der so gar nicht dem Bild entsprach, das er von einem griechischen Ikonenmaler hatte.

»Verbrecherkartei, Gegenüberstellung, Phantomzeichnung, was weiß ich, it's your turn!«

Walde wies auf die Stühle am Besprechungstisch und griff zum Telefon. »Ich hör mal, ob schon jemand in der Technik ist.« Während er wählte, fragte er: »Kaffee?«

»Danke, wir kommen von der Quelle.«

Wie Walde von Monika erfuhr, waren nicht nur die Kollegen von der Technik, sondern alle anderen Kollegen und die zur Verstärkung von weiteren Abteilungen und den umliegenden Revieren nach Trier abgeordneten bereits im Haus. Sie gab ihm noch eine Warnung mit auf den Weg. »Pass auf dem Flur auf, da patrouilliert der Chef.«

*

Neben den leidigen Routinearbeiten, den Besprechungen, den weit umfangreicher als erwartet ausfallenden Störungen durch Staatsanwalt, Presse, Kollegen und Präsidenten, sich wichtig nehmenden Zeugen, die nur mit dem Leiter der Sonderkommission ‚Codex' persönlich sprechen wollten, hatte Walde bis zur Mittagszeit nicht einmal die Hälfte dessen erledigt, was er sich vorgenommen hatte. Zuerst hatte die Soko ‚Schatz' heißen sollen, aber die ausgerechnet von Gabi vorgebrachten Bedenken, dieser Name könnte zweideutig aufgefasst werden, leuchteten ein.

Walde konnte die Zeit, die ihm fehlte, nur aufholen, indem er die Mittagspause ausfallen ließ. Zudem überlegte er, ob es ratsam war, seinen Verdauungstrakt vor dem Vortrag zu belasten. Außerdem war ihm schlecht. Er wusste nicht zwischen Lampenfieber und Hunger zu unterscheiden.

Ein Blick auf die Uhr sagte ihm, dass es noch eine Stunde bis zum Auftritt war, als Gabi hereinkam, wie immer ohne anzuklopfen.

»So sieht er aus!« Sie wedelte mit einem Blatt Papier vor seinem Gesicht herum. Walde riss es ihr aus der Hand und legte es vor sich auf den Schreibtisch. Die Darstellung des Mannes darauf unterschied sich von den üblichen Phantomzeichnungen. Neben den dunklen Haaren, dem Oberlippenbart und der dunklen Hornbrille wies das Gesicht unzählige feine Fältchen auf. Die Furche rechts neben der Nase verlieh dem Gesicht einen Ausdruck, als würde ein Lächeln angedeutet. Die Falte in der Mitte des Kinns verlief parallel zu den schmalen Lippen. Schräg über der Nasenwurzel zog sich eine Falte vom Rand der rechten Augenbraue in die hohe Stirn.

»Nachdem sie die Kartei vergeblich durchgesehen haben und die Phantomzeichnung am Computer sie nicht weiterbrachte, hat Nicolaos eigenhändig eine Zeichnung angefertigt, auf der Uli sofort den Mann erkannte, der bei ihm in der *Gerüchteküche* die Restauratoren angesprochen hatte.«

»Er könnte ihnen nach Feierabend von der Baustelle am Dom in die *Gerüchteküche* gefolgt sein«, sagte Walde und betrachtete eine zweite Variante, auf der der Gesuchte ohne Brille und Schnurrbart vollkommen anders aussah.

»Die Baustelle wird übrigens von einer privaten Security-Firma bewacht, die nicht permanent anwesend ist, sondern nur Kontrollgänge durchführt.«

»Wie oft?«

»Alle paar Stunden.«

»Aha.«

»Es geht nur um Werkzeug, ein paar Sack Zement und eine Lkw-Ladung Steine. Die Firma ist nicht für den Dom zuständig.«

»Und warum wurden dann nicht nur ein paar Steine geklaut?«

»Sag mal«, protestierte Gabi. »Ich kann auch nichts dafür. Jedenfalls ist das der Typ aus Ulis *Gerüchteküche*. Die Zeichnung hat Nicolaos handgemalt.«

»Gezeichnet«, verbesserte Grabbe, der Waldes Büro, ebenfalls ohne anzuklopfen, betreten hatte. »Harry ist damit zum Krankenhaus unterwegs. Dem Domkapitular geht es etwas besser und ...«, Grabbe stockte kurz, »... eben hat Hoffmann aus der Pathologie angerufen.«

»Und?«, fragten Gabi und Walde im Chor.

»Eigentlich hat er ja aus der Kantine ...«

Waldes Magen schien auf dieses Stichwort gewartet zu haben, um ein langes Wolfsknurren von sich zu geben.

»Und?«

»Da wurde was erzählt von einem, der da nebenan in der Kantine, also wo die Leute, die da für lau essen …«

»Die Pennerküche?«, half Gabi aus.

»So kann man sie nicht unbedingt bezeichnen, weil …«

»Okay, wollen wir den politisch korrekten Ausdruck später suchen?«, schlug Walde vor.

»Also, ein Typ, so einer mit einem religiösen Tick, hat behauptet, einen Wink des Himmels erhalten zu haben.«

»Den erhoffen sich viele«, sagte Gabi.

»Ist klar, aber hier ist der Name Andreas gefallen, und da ist Hoffmann stutzig geworden, wegen des Andreas-Tragaltars aus der Domschatzkammer.«

»Wo?«, fragte Walde.

»Aus der Domschatzkammer.«

»Nein, wo ist der Mann jetzt?«

»Er soll in den Felsen wohnen.«

»Wie bitte?«

»Bei St. Jost in den Felsen, bei Biewer. Da soll mal ein Friedhof für Leprakranke gewesen sein.«

*

Obwohl Grabbe den Wagen auf der langen Geraden weiter beschleunigte, hörte Walde nur das Heulen des Martinshorns. Er hielt sich das rechte Ohr zu, ans andere drückte er ein Telefon. Seit Minuten versuchte er herauszufinden, wo sich dieser ominöse Friedhof befand.

Rechts kräuselten Windböen das graue Wasser des Flusses, links am Hang standen kahle Weinbergspfähle mit den noch niedrigen Reben in Reih und Glied. Darüber erhob sich eine mehrere Kilometer lange geschlossene Wand aus rotem Sandsteinfels. Bäume mit gewundenen Stämmen nutzten jeden Spalt.

Walde rief seinen Freund Jo an, einen Hobbyhistoriker und Weinkenner, der bei der Landwirtschaftskammer als Kommissar für Reblausbekämpfung beschäftigt war. »Hallo Jo, Walde hier.«

»Ich kenn sonst niemanden, der mich mit Martinshornbegleitung anruft«, antwortete Jo in seinem gemütlichen Bass.

»Kannst du mir sagen, wo der Friedhof von St. Jost in Biewer liegt?«

»Du bist mit Blaulicht zu einer Beerdigung unterwegs?«

»Jo, es ist wirklich eilig!«

»St. Jost ist die Kapelle am Ortseingang. Dort war vor ein paar hundert Jahren eine Art Reservat für Lepra- oder Pestkranke. Der Friedhof ist, soviel ich weiß, auf der anderen Straßenseite oberhalb von einem steinernen Bildstock.«

»Also am Ortseingang links«, wiederholte Walde.

»Ja, oben unter den Felsen. Die stehen da in einem Neunziggradwinkel zueinander. Davor ist eine Sandsteinmauer. Allerdings sind keine Kreuze und Grabsteine mehr vorhanden.«

»Wir sind gleich da!«, rief Walde nach vorn.

Gabi schaltete Sirene und Blaulicht aus.

»Da vorne links.« Walde deutete auf den hohen Bildstock, über dem die Felsen näher an die Straße heranragten. »Da müssen wir hin.«

»Wo soll ich denn da halten?« Grabbe bremste den Wagen ab.

»Da oben, siehst du die Mauer?«

»Jaha, aber wir haben keinen Geländewagen. Ich bin ja schon froh, wenn wir auf den hohen Bordstein kommen.«

»Wir sind die Guten, die Bullen, wir dürfen überall halten.« Gabi gestikulierte wild. »Mach hin!«

Mit einem Ruck setzte der Wagen mit dem linken Vorderrad auf den Gehweg und hing, als das Hinterrad folgte, in Schieflage vor dem zur Straße geneigten Bildstock, der aussah, als seien sie dagegen gefahren.

»Danke, Jo, wir sind da.«

»Das ging aber schnell«, wunderte sich Jo. »Übrigens, ist heute nicht dein Vortrag?«

Walde schaute auf seine Uhr. »Erst in einer dreiviertel Stunde.«

»Wenn du nichts dagegen hast, komme ich in die Akademie. Ich bin sowieso anschließend bei der Stadtführung und heute Abend bei der Weinprobe dabei.«

»Danke, ich muss.« Walde legte auf.

Ein karg mit Löwenzahn und anderem Grünzeug bewachsener Hang führte steil und matschig hoch zu den Felsen. Walde folgte einer schmalen Spur, die er für die eines Wildwechsels gehalten hätte, wäre dort oben nicht die Öffnung in der Mauer gewesen. Hinter ihm keuchte Grabbe, von unten hörte er Gabi fluchen.

Es roch faulig und ein wenig angesengt. Die Öffnung in der Mauer war auf der rechten Seite von einem im letzten Drittel abgeschlagenen Quader gefasst, auf der gegenüberliegenden Seite waren die Steine herausgebrochen. Die unregelmäßig großen roten Steine waren zweifellos der Abfall eines ehemaligen Steinbruchs, wovon senkrechte und waagerechte Linien in der Felswand zeugten.

Als Walde auf die Uhr schaute, trafen Regentropfen seinen Arm. Grabbe blieb schwer atmend neben ihm stehen.

»Schöne Scheiße!« Gabi überwand mit unsicheren Schritten die letzten Meter. Sie trug ihre Schuhe in der Hand und versuchte, an der Kante eines Steins den Matsch von den Fußsohlen zu schaben. »Die Strümpfe sind hin.«

Walde sah an einem im Eingangsbereich wachsenden Lebensbaum vorbei auf ein rechteckiges Plateau, das zur Bergseite von Felswänden und zum Tal hin von einer über Eck laufenden mannshohen Mauer umgeben war. Zwischen den mit Efeu bewachsenen Steinen taten sich bogenförmige Lücken auf, hinter denen die Mosel und schemenhaft die Türme von St. Martin und St. Paulin zu sehen waren. Auf der kahlen Erde lagen neben zwei frischen Baumstümpfen in Stücke gesägte Stämme mit noch nicht verwelkten Blättern. Das Gelände schien frisch gerodet. Wollte hier jemand einen Garten anlegen?

Grabbe stupste ihn in die Seite und zeigte zum Fels hin. Walde machte ein paar Schritte und blickte auf eine Holzhütte aus massiven Bohlen. Ein großes abgedunkeltes Fenster mit weißem Kunststoffrahmen reichte bis zum Pultdach, das etwas überstand. Die unregelmäßigen Balken waren mit verschiedenen Materialien abgedichtet.

Das meiste schien aus buntem Kunststoff zu bestehen. Neben der kaum mehr als vier Meter breiten Hütte befand sich ein schmaler fensterloser Anbau, aus dem dünner Rauch aufstieg. Neben einem Hackklotz lehnte eine Axt.

Ein Balken lag auf dem Dach der Hütte und führte horizontal zu einem Nussbaum, der als einziger Baum auf dem Gelände direkt neben der Hütte stand. An ihm hing schlaff eine aus einem dünnen blauen Netz bestehende Hängematte. Ein an seiner übergroßen Kapuze aufgehängter dunkler Umhang bewegte sich an einem unsichtbaren Nagel.

Walde nahm das helle Plopp von Gabis Handtaschenverschluss wahr, das schwach von den Felswänden zurückgeworfen wurde. Kurz darauf klickte der Entsicherungshebel einer Pistole. Walde schaute an der steilen Felswand hoch, wo die halbrunden Äste einer Kiefer wie Krakenarme aus einem Spalt hervorquollen.

*

Draußen knirschte es. Veit schreckte aus seiner Meditation auf. Seine rechte Hand griff instinktiv an seinen Gürtel. Seit vielen Jahren trug er dort eine Waffe – Tag und Nacht.

Veit zählte drei Personen, die nacheinander durch den feinen Steinsplitt in der Maueröffnung sein Territorium betraten. Mit der linken Hand fuhr er sich über die scharfen Stoppeln zwischen dem blutigen Schorf auf seinem geschorenen Schädel. Es war nicht der erste Besuch. Erst vor Monaten waren es neugierige Straßenarbeiter gewesen, die von der Baustelle unten an der Mosel hier heraufgekommen waren. Veit stülpte sich die dicke Mütze über den Kopf.

Das helle Klicken ließ augenblicklich seinen Körper mit Adrenalin fluten. Er drückte das Brett zur Seite und kroch in den engen Tunnel. Die heißen Steine des Kamins versengten seine Oberarme.

*

Wo war der Eingang der Hütte? An der Front befand sich nur das Fenster mit der schwarzen Scheibe. Gabi und Grabbe bewegten sich nach links. Walde, unbewaffnet wie Grabbe, schlich zum Fenster, wo er sich rechts, an der Seite zum Kamin, postierte. Er hörte einen dumpfen Schlag, gefolgt von einem Aufstöhnen.

»Depp«, zischte Gabi, offensichtlich noch im Freien.

Walde lauschte. Endlose Sekunden tat sich nichts. Falls sich jemand in der Hütte aufhielt, war er spätestens jetzt gewarnt.

»Was ist los?« Er hielt es nicht mehr aus.

Keine Antwort.

Durch die Ritzen zwischen den Balken war ein Aufschrei zu hören. Das war Gabis Stimme.

Walde machte zwei Schritte zum Kamin und griff nach dem erstbesten Sandstein in der oberen Schicht. Der Stein war nur aufgelegt. Walde stemmte ihn hoch und ließ ihn, im letzten Moment zwei hastige Schritte rückwärts stolpernd, sofort wieder los. Knapp einem mehrfachen Zehenbruch entgangen, klatschte er seine schmerzenden Handflächen auf die nasse Teerpappe des Dachs.

Drinnen rummste es. Walde riskierte es, das Fenster zu verlassen und zu der Holztür zu laufen.

Sie stand nach außen offen. Das erklärte Grabbes Stöhnen, der offensichtlich vergeblich versucht hatte, die Tür aufzutreten.

Walde zog den Kopf tief zwischen die hochgezogenen Schulterblätter und tauchte in die Hütte ein.

Im Licht der offenen Tür sah er auf ein Schlaflager aus Brettern und einen Sessel, ein Regal mit Büchern und einer Ausgabe des Nachrichtenmagazins ‚Der Spiegel'. Links war es dunkel.

»Gabi? Grabbe?« Seine Rufe bekamen einen Hall, den er nicht erwartet hatte.

»Der Vogel ist ausgeflogen«, kam Gabis Stimme von links aus dem Dunkel.

Walde starrte in die Finsternis. Ein rotes Lämpchen erschien und darüber ein gespenstisch beleuchteter dunkler Haarschopf. Ein lockender Zeigefinger rief in ihm das Bild von der Hexe im Knusperhäuschen wach. »Das musst du dir ansehen!«

Walde tastete sich vorsichtig an der rauen Felswand entlang. In einer Nische fand er seine beiden Kollegen, die andächtig zu einem von Kerzen in roten Plastikhüllen beleuchteten altarähnlichen Aufbau schauten.

»Ooh«, entfuhr es Walde.

Auf vier goldenen Löwenfüßen thronte der über und über mit Elfenbeinplatten, Goldschmiedewerk und Edelsteinen verzierte Andreas-Tragaltar. Der lebensgroße goldene Fuß auf dem Deckel des Kästchens schien sich im flackernden Lichtschein zu bewegen.

*

Veit versuchte, sich die Gesichtszüge des groß gewachsenen Mannes einzuprägen, der gerade den beiden anderen in die Hütte gefolgt war. Er schlich hinter dem Steinhaufen hervor zum Balken, riss die Kutte herunter und stieg leichtfüßig wie eine Katze in der Felsspalte auf.

Hoch oben vom Felsvorsprung warf er einen letzten Blick zurück, bevor er im Wald verschwand. So blieb ihm verborgen, dass sich von der Kaiser-Wilhem-Brücke eine Armada von Fahrzeugen mit Blaulicht näherte und sich wenig später Polizeiwagen und Kombis unten an der Straße aneinander reihten, während sein kleines Heiligtum von Eindringlingen entweiht wurde.

*

Als sie vorsichtig den Hang zur Straße hinabstiegen, entdeckte Walde unten zwischen Straße und Bahntrasse eine Kapelle. Das musste St. Jost sein.

Sie fanden ihren Wagen eingezwängt zwischen den Autos der Techniker. Der Verkehr auf der Straße floss langsam. In den Autos reckten Schaulustige die Hälse, um etwas vom Geschehen am Berghang zu erhaschen.

Gabi stieg auf der Fahrerseite ein. Walde nahm neben ihr Platz. Sie ließ den Motor aufheulen und schaltete das Blaulicht ein.

»Mach schon!«, rief sie ungeduldig.

Endlich saß auch Grabbe im Fond. Gabi lenkte den Wagen quer über die Straße. Grabbe schlug die Tür zu und griff nach dem Sicherheitsgurt.

Walde sagte nichts. Gabi wendete den Wagen und jagte in Richtung Innenstadt.

Das Auto vor ihnen machte gleichzeitig mit dem Umspringen der Ampel auf Gelb eine Vollbremsung. Gabi stieg voll in die Pedale. »Arschloch!«, zischte sie.

*

Knapp eine halbe Stunde zu spät hastete Walde über den Innenhof der Europäischen Rechtsakademie. Vor dem Eingang stampfte er kräftig auf, der hartnäckige Matsch wollte sich jedoch nicht von seinen Schuhen lösen.

Im Flur kam ihm Polizeipräsident Stiermann entgegen. Walde erwartete Vorwürfe, aber auf dem Gesicht seines Chefs erschien ein zufriedenes Strahlen.

»Glückwunsch zum schnellen Erfolg.« Stiermann drückte ihm fest die Hand und zog ihn ein wenig zu sich, ließ aber los, als er bemerkte, dass Waldes Jacke nass war. »Die Festnahme war gutes Timing.«

Aus dem Vortragsraum erklang schallendes Gelächter.

»Wir haben ihn noch nicht«, korrigierte Walde.

»Aber das kann doch nur noch eine Frage von Stunden sein.«

Der Präsident schritt durch eine raumhohe Flügeltür. Etwa dreißig neugierige Augenpaare waren gebannt auf den Referenten gerichtet, einen großen, massigen Mann, der Jo täuschend ähnlich sah.

»... als Kommissar für Reblausbekämpfung ist es mir vergönnt, rigorosere Methoden anzuwenden, als das bei Ihnen der Fall sein kann, oder sind hier zufällig Vertreter der Polizei totalitärer Staaten anwesend?« Dieses verschmitzte Grinsen gehörte zweifelsfrei Jo.

Wieder brauste Gelächter auf.

»Der Kollege gibt ein paar Anekdoten aus seinem Wirken als Kommissar für Reblausbekämpfung zum Besten.

Wir haben, um die Zeit zu überbrücken, schon mal ein paar Sektflaschen geöffnet«, erklärte der Präsident.

Als Jo sein Glas hob, bemerkte er Walde.

»Ich danke Ihnen für Ihre Aufmerksamkeit. Wenn Sie möchten, können Sie später bei der Weinprobe mehr über mein heilvolles Wirken für den Moselwein erfahren.«

Walde wischte seine Hand leicht ab, als er hinter Stiermann das Podium betrat.

»Da ist er endlich!« Der Präsident hob die Stimme, als würde er einen Boxchampion ankündigen. »Unser Kriminalhauptkommissar Waldemar Bock.«

Es gab tatsächlich Applaus.

»Wie Sie sehen, ist er unmittelbar von seinen Ermittlungen hierher gekommen.«

Während die Zuhörer erneut Beifall klatschten, verließ der Präsident das Podium und nahm neben Monika in der ersten Reihe Platz.

Waldes Mund war trocken. Er spürte seinen Herzschlag. Seine Hand glitt am nassen Revers vorbei in die Innentasche seiner Jacke. Für zwei Sekunden hatte er seinen Schreibtisch im Präsidium vor Augen, auf dem die Rede zum letztmaligen Durchlesen lag.

Er schaute ins Publikum. Die meisten der Anwesenden trugen Kopfhörer und hatten weiße Bänder um den Hals, an denen Namensschilder baumelten.

»Guten Tag, meine Damen und Herren. Ich möchte Ihnen berichten, wie es der Trierer Polizei im letzten Jahr gelungen ist, einen terroristischen Anschlag auf eine Großveranstaltung in der Trierer Innenstadt zu verhindern.« Walde sah auf die Glaswand, hinter der die Simultanübersetzer in ihre Mikrofone sprachen. Er spürte, wie er ruhiger wurde.

Wasser tropfte aus seinem Haar aufs Pult, lief ihm am Hals entlang in den Kragen. In den nächsten zwanzig Minuten berichtete er Einzelheiten aus der Ermittlungsarbeit und hatte das Gefühl, nichts Wesentliches auszulassen. Am Schluss bot er den Zuhörern an, Fragen zu stellen.

Ein paar Sekunden blieb es still, niemand meldete sich. Dann reckte Jo wie ein Schuljunge den Arm in die Höhe. Nachdem Walde ihm zugenickt hatte, sagte er: »Darf auch eine Frage zum aktuellen Fall gestellt werden?«

»Was möchtest du wissen?« Walde blickte zu Monika, die auf die Uhr tippte.

»Gibt es bei der Fahndung nach den Domräubern neue Erkenntnisse, Verdächtige, Verhaftungen?«

Polizeipräsident Stiermann erhob sich von seinem Sitz und wandte sich zum Publikum: »Ja, es gibt erste Erfolge. Darüber können Sie gerne mehr erfahren, wenn nach der Stadtführung, die jetzt im Anschluss beginnt, der Besuch im Polizeipräsidium stattfindet, zu dem Sie herzlich eingeladen sind und bei dem Sie unsere konkrete Ermittlungsarbeit kennen lernen können.«

*

Der Hof des Präsidiums war vollgeparkt. Walde ließ sich auf der Straße absetzen, während Gabi ins nahe gelegene Parkhaus weiterfuhr. Auf dem Weg zum Eingang beobachtete Walde, wie ein weiterer Einsatzwagen ankam. Polizisten bugsierten zwei Männer mit vernachlässigtem Äußeren aus dem Fond und schleppten die laut Protestierenden in Handschellen ins Präsidium.

Im Treppenhaus des Präsidiums schnupperte Walde. Hundegebell schallte von oben herunter. Er blieb stehen und schloss für eine Sekunde die Augen. Es roch wie in einer versifften Kneipe.

Oben im Flur nahm der Geruch erheblich an Intensität zu. Hier saß und stand, wie es Walde schien, die komplette Trierer Obdachlosenszene, von Polizeibeamten in Uniform bewacht. Ein Teil der Leute war mit ihren Hunden beschäftigt, andere brüteten vor sich hin, palaverten miteinander oder diskutierten mit den Polizisten. Waldes Ankunft fand kaum Beachtung.

Kurz vor seinem Büro erhob sich einer der Männer von der Bank und kam auf Walde zu. »Ich muss schon sagen, das ist ein starkes Stück. Das hätte ich nicht von Ihnen erwartet. Wie kommen Sie dazu?«

Walde brauchte einen Moment, um den mit Trenchcoat und Kordhose bekleideten Mann zu erkennen. »Entschuldigung, Herr Dr. Hoffmann, kommen Sie doch mit in mein Büro. Ich habe Sie nicht gleich erkannt.«

Der aufgebrachte Mann übersah die ihm entgegengestreckte Hand. Walde schloss die Tür auf.

»Mit einer lapidaren Entschuldigung ist das nicht getan!« Hoffmann blieb in der Tür stehen und wies auf den Gang. »Ich habe Ihrem Kollegen Grabbe eine vertrauliche Information aus einem sensiblen sozialen Bereich der Klinik weitergegeben. Es war mir klar, dass Sie darauf reagieren würden. Aber doch nicht in der Weise, dass Sie eine Razzia in der Armenküche machen, eine wahre Hatz auf Nichtsesshafte in den Straßen veranstalten und darüber hinaus Unterschlüpfe harmloser Menschen auf den Kopf stellen, die, außer, dass sie am Rande der Gesellschaft leben, niemandem etwas getan haben.« Hoffmann hatte den angebotenen Stuhl abgelehnt und stand nun vor Waldes Schreibtisch.

Walde fand zwei Müsliriegel in der untersten Schublade.

»Entschuldigen Sie bitte, aber ich habe seit dem Frühstück nichts mehr gegessen.« Er biss gierig in einen Riegel und blickte den Pathologen an. »Glauben Sie mir, ich habe keine Ahnung, was hier vorgeht.«

»Man sagte mir, Sie seien der Leiter der Soko.«

»Ich hatte gerade einen Termin in anderer Sache.«

»Ihre Ausflüchte interessieren mich nicht!« Hoffmanns von Natur aus blasse Gesichtsfarbe ähnelte inzwischen dem Weiß des Türblatts. »Dieser Veit soll stark traumatisiert sein.«

Harry kam mit Grabbe zur Tür herein: »Hallo, Herr Dr. Hoffmann.«

Grabbe schien die gespannte Atmosphäre sofort zu spüren und legte vorsichtig einen Stapel Papiere auf den Besprechungstisch.

»Wir müssen dich dringend sprechen«, wandte sich Harry an Walde.

»Können wir vorher noch klären, was da draußen los ist?«

»Wir suchen diesen Höhlenbewohner aus St. Jost.«

»Haben Sie diese Razzia zu verantworten?« Hoffmann sah Harry wütend an.

»Was soll die Frage?«, empörte sich Harry. »Wir suchen einen dringend Tatverdächtigen aus der Pennerszene.«

»Allein Ihre Wortwahl sagt mir, wes Geistes Kind Sie sind.« Hoffmanns Augen weiteten sich. »Die Razzia in der Armenküche wird ein Nachspiel haben. Dieser Brachialeinbruch in einen Bereich, in dem wir über Jahre einen Zufluchtsort für Bedürftige geschaffen haben, wo sie sich sicher und verstanden fühlen, wird eine Dienstaufsichtsbeschwerde nach sich ziehen. Sie werden von mir hören!« Mit diesen Worten stapfte Hoffmann zur Tür und knallte sie hinter sich zu.

Grabbe verließ ebenfalls das Zimmer.

»Was ist denn in den gefahren?« Gabi kam zur Tür herein.

Harry klärte sie auf.

»Du hast auf seinen Tipp hin eine Razzia in der Klinik gemacht?«, entrüstete sich Gabi.

»Nein, nur in dieser Speisung, oder wie man es nennen will.«

»Blödmann!«, schimpfte Gabi. »Wusstest du denn nicht, dass Walter Hoffmann zusammen mit dem Orden Initiator dieser Küche ist? Er muss sich doch wie der letzte Spitzel vorkommen. Der wird uns nie mehr was erzählen.«

»Sollen wir uns nun einen neuen Pathologen suchen?«, blaffte Harry zurück.

»Nun macht mal halblang!« Walde schluckte den Rest des zweiten Müsliriegels hinunter.

Gabi zog sich kopfschüttelnd einen Stuhl an den Schreibtisch heran. »In der Hütte von diesem Veit wurde neben dem Andreas-Tragaltar ein Stein mit Anhaftungen sichergestellt, wahrscheinlich sind es menschliche Haare. Die Technik prüft zurzeit, ob es sich um die Tatwaffe aus der Kurie handeln könnte.«

»Und wir haben praktisch das gesamte Stadtgebiet nach ... Obdachlosen, Berbern, Stadtstreichern, Nichtsesshaften, oder wie sie alle heißen, durchsucht«, sagte Harry. »Ich schätze, in ein bis zwei Stunden sind wir mit den Befragungen durch. Sollten wir warten, bis dieser Veit über alle Berge ist?«

»Nein, das nicht«, erwiderte Grabbe, der eben wieder zur Tür hereingekommen war. »Ich hab versucht, mit Hoffmann zu reden. Ich wollte ihn nicht einfach so gehen lassen. Er meint, ob wir genauso gehandelt hätten, wenn zum Beispiel ein Arzt verdächtig wäre. Ob wir die dann auch alle aus ihren Praxen oder den Krankenhäusern geholt hätten? Oder ein Banker würde gesucht und ...«

»Ja, da hat er Recht«, unterbrach Gabi ihren Kollegen.

»Die leben aber nicht auf der Straße und sind einfacher zu finden«, warf Harry kleinlaut ein.

»Aber es gibt doch eine Beschreibung, die, soviel ich mitgekriegt habe lautet: Circa 1,95 groß, knapp achtzig Kilo, kahl geschorener Kopf, Augenfarbe Grün, Narbe auf der linken Halsseite.« Gabi schaute Harry durchdringend an: »Sitzt so einer da draußen?«

*

Walde wunderte sich über das forsche Auftreten der Fotografin, die hinter Gabi in sein Büro kam. Als Letzter betrat ihr Ehemann den Raum.

Edith Basten drückte Walde die Hand. »Nochmals danke für Ihre Hilfe.« Ihre Stimme hatte eine Festigkeit, bei der Walde sich vorstellte, wie die Fotografin Gruppen für ein Foto arrangierte.

»Schön, dass es Ihnen wieder gut geht«, sagte er.

»Ich kann nichts mehr daran ändern, was passiert ist.« Sie strich sich eine lange Haarsträhne nach hinten. »Herr Adams hat mich vor einer Stunde angerufen.«

»Wie geht's ihm?«

»Gut. So klang er wenigstens. Er ist schon wieder zu Hause.«

»Zu Hause?«, wunderte sich Walde.

»Ja. Er sagte, Sie hätten bereits einen der Täter geschnappt und einen Teil der Beute gefunden.«

»Da hat er ein wenig vorgegriffen«, sagte Gabi. »Stört es Sie, wenn ich rauche?«

»Ehrlich gesagt, ja.« Diese drei Worte sollten alles sein, was Herr Basten zum Gespräch beitrug.

Gabi ließ die Zigarette in die Packung zurückgleiten. »Für eine Gegenüberstellung ist es noch zu früh. Aber wir haben den Unterschlupf des Mannes gefunden und einen Teil der Beute. Zurzeit können wir nur mit dieser Phantomzeichnung dienen. Vermutlich war diese Person am Überfall beteiligt.« Sie übergab Edith Basten ein Blatt.

Die Fotografin betrachtete die Zeichnung eine Weile. »Ich habe leider keine Gesichter sehen können.«

»Da kann ich Ihnen was zeigen.« Gabi griff zum Telefon und tippte eine Nummer ein. »Könnt ihr bitte mal die Kutte in Waldes Büro bringen?«

Sie hörte kurz zu. »Die braune Kutte, die an dem Balken gehangen hat … ja, von der Hütte auf dem alten Friedhof bei Biewer … Wie? … Ich komm mal rüber.« Gabi stand auf. »Moment, ich bin gleich wieder zurück.«

Walde blickte ihr nach. »Der Mann mit der Kutte soll über einsneunzig groß und hager sein.«

»So groß war keiner von den beiden«, sagte die Fotografin. »Der Jüngere war höchstens einssiebzig und kräftig. Der Ältere vielleicht um die einsachtzig.« Sie besah sich noch einmal die Zeichnung. »Welche Farbe hatte die Kutte?«

»Braun«, antwortete Walde.

Edith schüttelte den Kopf, sie stierte eine Weile vor sich hin. Dann sagte sie leise: »Die trugen schwarze Kutten.«

*

»Habt ihr Flaschenbier da?« Harry telefonierte mit dem Kantinenwirt.

»Sorry, wir haben die Zapfanlage seit Jahren nicht in Betrieb, wir sind ja schließlich keine normale Kantine, sondern eine Polizeikan …«

»Also, habt ihr nun Flaschenbier, ich meine, welches mit Alkohol?«, unterbrach Harry die Ausführungen des Pächters.

»Ich hab auch Sekt kaltgestellt«, der Ton des Wirtes wurde beflissen, »und den Weißwein auf die richtige Temperatur gebracht. Wir wollen uns als Weinstadt ja nicht blamieren.«

»Habt ihr Platz für etwa dreißig Personen?«

»Klar, kein Problem, ich freu mich«, schallte es aus dem Hörer.

Diejenigen, die den Fahrstuhl benutzt hatten, warteten oben auf dem Flur vor der Kantine, bis Harry mit den restlichen Leuten aus dem Treppenhaus zu ihnen stieß. An der Art, wie dem erwartungsfroh lächelnden Mann hinter der Kantinentheke die Gesichtszüge entglitten, war für Harry unschwer zu erkennen, dass der Wirt die Teilnehmer des internationalen Treffens erwartet hatte.

Die meisten Besucher bevorzugten einen Platz an der Theke, auch wenn sie dort in mehreren Reihen anstehen mussten. Als der Wirt nach zehn Minuten den dritten Kasten Bier auf das Bord hinter dem Tresen stemmte, waren bereits sämtliche Schalen mit Knabbergebäck von den Tischen verschwunden und das Wasser aus den Aschenbechern, die auf dem Boden standen, aufgeschleckt. Die Atmosphäre war deutlich gelöster, als das vorhin im Flur des ersten Stocks der Fall gewesen war.

Das würde ihnen draußen sicherlich keiner glauben, dass dieser ruppige Kripotyp sich bei den Stadtstreichern entschuldigt und sie anschließend zu einem Bier in die Kantine eingeladen hatte.

*

Während der Kellner im Biergarten der *Mousel-Brauerei* den Teller des verspäteten Mittagessens abräumte, bestellte Bernard einen Espresso. Er trank den Rest aus seinem Bierhumpen und bemerkte erst beim dritten Klingeln, dass dieses von seinem Handy stammte.

»Wie geht's?«, fragte Bernard, als sein Komplize sich meldete. Dabei lächelte er möglichst freundlich, weil er sich beobachtet fühlte.

»Könnt besser sein.«

Auf der gegenüberliegenden Straßenseite hielt ein Bus. Die Insassen waren durch die milchiggrauen Fenster nur schemenhaft zu erkennen. Ein Taxi setzte waghalsig in die schmale Einfahrt neben der Gartenterrasse zurück.

»Was ist los?« Bernard nickte dem Kellner zu, der

den Espresso servierte.

»Die Sache mit dem Busental hast du doch geplant!«, kam es vorwurfsvoll aus dem Hörer.

Bernard sagte nichts.

»Was hast du mit dem Zeug gemacht?«

»Keine Ahnung, wovon du sprichst.«

»Die Sachen sind weg.«

»Wie, weg?« Bernard setzte sich gerade auf. Er schob den Humpen zur Seite.

»Ich war im Busental in Pallien am Versteck. Alles weg! Verdammte Scheiße! Was hast du mit dem Zeug gemacht?«

»Bist du verrückt? Ich hab die Sachen nicht angerührt. Es war absoluter Blödsinn, den Kram überhaupt mitzunehmen.«

»Hattest du Angst, dass ich damit erwischt werde?« Die Stimme des Jüngeren klang wie die eines Kindes, das kurz davor steht, vor Enttäuschung loszuheulen. »Ich verlange Schadenersatz.«

»Wie bitte?« Bernard schaute zu, wie der Bus losfuhr und der kleine Stau von Pkws dahinter wieder in Bewegung kam.

»Du spinnst wohl! Das Zeug war absolut unverkäuflich, oder wolltest du es bei *ebay* verscherbeln? Mit deiner Extratour hast du das Projekt unnötig in Gefahr gebracht.« Bernard sah sich um. Der Tisch hinter ihm war immer noch leer.

»Das gibt dir noch lange nicht das Recht ...«, der Mann hustete.

Bernard überlegte. Wie konnte das Versteck so schnell aufgespürt werden? War ihnen in der Nacht jemand gefolgt? Wenn die Polizei die Beute hatte, dann fanden sie auch die Fingerabdrücke seines Komplizen.

Eine tief fliegende Maschine zog im Landeanflug langsam durch den blauen Himmel.

»Ich will mehr Geld!«, wiederholte die Stimme ihre Forderung. »Zumal die andere Geschichte passiert ist.«

»Was für eine andere Geschichte?«

»Das weißt du selbst am besten. Ich hab das von dem Gärtner im Radio gehört.«

»Was?«

»Tu doch nicht so! Du hast doch die ganzen Tage bei diesem Domfritzen im Garten gehockt, oder ist dieser Gärtner nur unglücklich von der Leiter gefallen?«

*

Im Flur zog eine stumme Prozession von Technikern in weißen Kitteln an Walde vorbei. Vorneweg schritt ein Mann, eine Plastiktüte in Brusthöhe haltend. Walde erkannte den Stein aus der Hütte, an dem Haaranhaftungen entdeckt worden waren. Vier Herren begleiteten wie die Baldachinträger an Fronleichnam den Träger des Objekts der Verehrung. Vor sich hielt er auf den weißen Handschuhen die goldenen Löwenfüße des Andreas-Tragaltars. Die Kittelschöße der Männer wehten im Zugwind der offenen Fenster.

Walde glaubte zu träumen, als jemand ihn hart in den

Arm zwickte. »Die Dings ist verschwunden! Das gibt's doch nicht! Niemand will sie gesehen haben!«

»Wer ist verschwunden?« Walde versuchte, seinen linken Oberarm aus Gabis Krallen zu befreien.

»Die Kutte, das darf doch nicht wahr sein!«

»Lass bitte los!« Walde zerrte an Gabis Unterarm. Endlich löste sie die Umklammerung ihrer Finger. Er rieb sich die schmerzende Stelle.

Gabi fuchtelte mit ihren langen Fingernägeln bedrohlich vor seinem Gesicht herum. »Das ist doch totale Scheiße, ich kann es nicht fassen.«

Walde hörte, wie im Hintergrund auf ein Mikrofon geklopft wurde und der typische Begrüßungssingsang von Polizeipräsident Stiermann einsetzte.

»Ja, okay.«

Die Türen zu dem Raum wurden geschlossen, in dem soeben die Karawane verschwunden war.

»Wie okay?«, fragte Gabi. »Was ist denn jetzt? Haben die Deppen die Kutte hängen lassen? Sollen wir noch mal hinfahren zu der Hütte?«

»Nur zu, sieh nach!«

»Nicht noch mal mit diesen Schuhen.«

Als er die Tür zur Pressekonferenz erreichte, ertönte in seinem Rücken eine Bassstimme: »Herr Kommissar?«

Walde, fast schon hinter der Tür verschwunden, schaute sich im letzten Moment um.

Ein untersetzter Mann mit ärmelloser Lederweste schloss zu Walde auf. »Können wir mitkommen?«

»Wohin?«, rutschte es ihm heraus. Zu spät! Nun sah er

auch die zwei Personen, die hinter dem Mann stehen geblieben waren und, wie ihm vorkam, seine Gedanken mit analytischen Blicken sezierten.

»Klar, warum nicht?« Walde sah sich neben sich stehen, hörte sich die gleichen Worte benutzen, die seine erste Freundin wählte, nachdem er, total verschossen und schon monatelang um sie werbend, es endlich geschafft hatte, sie zu fragen, ob sie mit ihm gehen wolle.

Er las die Namensschilder Siggi Baumeister, Kay Scarpetta und Salvatore Montalbano und seufzte tief.

Die zahlreichen Kameras und das dicke Bündel Mikrofone in Richtung Podium ließen Walde augenblicklich seine ganze Konzentrationskraft sammeln, als er auf dem freien Stuhl neben Monika Platz nahm. Die Pressesprecherin spulte routiniert die Begrüßung und anschließend die Details zum aktuellen Ermittlungsstand ab. Walde hörte ihr zu und wunderte sich über die Fülle von Informationen, die seine Kollegin in der kurzen Zeit, die ihr zwischen dem IPA-Treffen und dem Pressetermin geblieben war, zusammengetragen hatte.

Gleich nebenan, auf einem Tisch mit grüner Samtdecke, wurden der Andreas-Tragaltar und der Stein mit den Haaranhaftungen zur Schau gestellt, flankiert von Technikern, in deren Mitte Polizeipräsident Stiermann telegen lächelte.

» ... nutzen den zahlenmäßig deutlich aufgestockten Polizeiapparat, um den öffentlichen Nahverkehr zu überwachen und rufen zurzeit über Rundfunk dazu auf, im Raum Trier keine Anhalter mitzunehmen.« Monika blinzelte zu den Presseleuten, von denen gegen das Scheinwerferlicht nur Konturen zu sehen waren. »Für Fragen steht Ihnen Kriminalhauptkommissar Waldemar Bock zur Verfügung.«

»Wo vermuten Sie die restliche Beute?« Der Mann stellte weder sein Medium noch sich selbst vor.

»Der Codex und das Nagelreliquiar«, Walde vermied den Begriff ‚Heiliger Nagel‘, »sind weiterhin verschwunden. Es ist anzunehmen, dass der Flüchtige beide Objekte mit sich führt.« Er machte eine kurze Pause. Es war still im Raum. Deutlich war das Prasseln des vom Westwind getriebenen Regens an die Fensterscheiben zu hören. »Was unwiederbringliche Schäden an den kostbaren Malereien mit sich bringen könnte.«

*

Im Hintergrund tuschelten die drei Gastkollegen miteinander, während sich die Fotografen über die ausgestellten Exponate hermachten. Die Techniker mussten einige von ihnen ermahnen, Abstand zu halten. Einer machte sogar Anstalten, den Tisch in eine kamerafreundliche Position zu rücken.

Als Monika sich den drei Besuchern näherte, wurde sie sofort mit Fragen bestürmt. Walde hörte, wie die Pressesprecherin in souveränem Englisch die Übersetzungen Siggi Baumeisters komplettierte.

»Congratulation!« Die Amerikanerin mit den kurzen blonden Haaren drückte Walde die Hand und zeigte dabei ihre regelmäßigen Zähne. Nun wurde es für Walde ernst mit dem Englischen.

»Danke, Misses Scarpetta, oder wie soll ich Sie nennen?« Ein kurzer Blick in die Runde. Niemand zeigte eine Reaktion auf seinen ersten frei gesprochenen englischen Satz, wenn man einmal von den Auskünften absah, die er hin und wieder Touristen auf der Straße gab.

»Nennen Sie mich Kay.«

Waldes Frage zielte zwar darauf, den wirklichen Namen seiner Gesprächspartnerin zu erfahren, aber er fügte sich, zumal nun der als Siggi Baumeister Ausgewiesene ihn ebenfalls per Handschlag beglückwünschte.

»Dieser schnelle Erfolg konnte erst gar keine negativen Fragen bei der Presse aufkommen lassen. Auch toll, wie das Diebesgut präsentiert wurde.« Siggi Baumeister brachte seine Bewunderung im breitesten amerikanischen Akzent vor. So könnte sich Hemingways Stimme angehört haben, wenn er am Lagerfeuer von seinen Abenteuern erzählte, ging es Walde durch den Kopf.

»Bei uns in der Eifel wird ja höchstens mal ein Zuchtbulle oder eine Monstranz aus der Kirche gestohlen. So was Wertvolles wie den Codex und den Andreas-Dingsbums«, hier fehlte ihm der passende Ausdruck, »hat mein armes, aber verschlagenes Bergvölkchen nicht vorzuweisen.« Baumeister langte in eine der vielen ausgebeulten Taschen seiner ärmellosen Lederweste, zog eine Pfeife mit großem Meerschaumkopf hervor, beäugte sie kurz, steckte sie wieder zurück, um sich für ein kleines gebogenes Exemplar aus einer anderen Tasche zu entscheiden.

»Siggi hat mir das meiste bei der Pressekonferenz übersetzt«, meldete sich nun der glatt rasierte Italiener mit den dunklen Augen unter dichten Augenbrauen zu Wort. »Sie können mich Salvo nennen.«

Die drei schienen Gefallen an ihren Rollen gefunden zu haben. Walde überlegte, welche Romanfigur er sich aussuchen würde. Vermutlich Martin Beck.

Inzwischen war die gesamte Presse abgezogen. Die Techniker schickten sich an, die Exponate ins Labor zurückzubringen, als Kay Scarpetta sich über den Stein beugte.

»Die Haare können unmöglich von einem Schlag herrühren. Siggi, schau mal, das sieht eher so aus, als habe sich Salvo damit die Stirn rasiert.«

Baumeister brach in ein Lachen aus, für das Hemingway jahrzehntelang kubanische Zigarren rauchen und dazu jede Menge Whiskey in sich hineinschütten musste.

Salvatore Montalbano beugte seinen wohlgeformten Kopf mit der braun gebrannten Halbglatze über den Stein. »Da könnte Kay Recht haben, ich selbst bevorzuge zwar eine scharfe Klinge, aber hier«, er deutete mit dem Finger auf eine Kante des Steins, »damit könnte man, wenn man nicht zimperlich ist, ebenfalls seine Haare loswerden.«

So jedenfalls verstand Walde den Mann in dem eng sitzenden schicken Anzug, dessen italienischer Akzent unüberhörbar war.

»Dann wäre das also nicht die Tatwaffe.« Gabi war hinzugekommen.

Walde hatte in dem Lärm ringsum das Klacken von Gabis Absätzen überhört.

»Darf ich vorstellen? Kay Scarpetta, USA, Salvatore Montalbano, Italien, Siggi Baumeister, Eifel. Kollegen, die uns eine Stunde bei der Arbeit begleiten werden.«

»Gabi«, kam ihm seine Kollegin zuvor.

Sah er da ein Aufblitzen in Salvos Augen, als Gabi ihm die Hand drückte?

»Mist, die Kutte ist auch weg.« Gabi äußerte in breitestem amerikanischen Slang ihre Vermutung, dass der Einsiedler noch in der Nähe gewesen sein musste, als sie den Andreas-Tragaltar in seiner Hütte entdeckten.

Der Italiener legte nachdenklich eine Hand ans Kinn und sah Gabi tief in die Augen: »Es ist nicht alles Gold, was glänzt, und die Kutte macht noch keinen Mönch.«

*

»Man gewähre dem Tribun Jodocus und seinen angesehenen Gästen aus den fernen Provinzen des Römischen Reiches Eintritt.« Jo, nun in eine römische Toga gewandet, pochte in der Personenschleuse des Präsidiums derart fest an die dicke Glasscheibe, dass die Beamten dahinter zusammenzuckten, obwohl sie den Kerl in Sandalen und weißem Gewand mit seinem ganzen Tross im Schlepptau hereingelassen hatten.

»Werden Sie erwartet?«, fragte einer der Polizisten.

In diesem Moment kam Walde mit Gabi und den drei Gästen die Treppe herunter.

Walde gab den Beamten an der Pforte zu verstehen, dass sie die Leute ins Innere des Präsidiums lassen sollten. Er musterte seinen Freund vom Scheitel bis zu den Sandalen. »Ich glaube mich zu erinnern, dass du einmal behauptest hast, ihr Stadtführer wärt alle Individualisten, die sich nie und nimmer in eine Toga zwängen lassen würden.«

Jo ging nicht auf Waldes Bemerkung ein. »Wenn du nicht gekommen wärst, lieber Freund Waldus Commissarius, dann hätte von Cäsars de bello gallico eine Fortsetzung erscheinen müssen, in der es Jodocus mit der Staatsgewalt aufnehmen würde.«

»Was für ein Bello?«, fragte Gabi. »Und wo ist der Rest der Kriminalistenschar?«

»Einige sind zum Shoppen in die City, andere erholen sich im Hotel vom Jetlag«, Jo grinste sie an, »besonders die Schweden und die Italiener.«

»Nee, einen der Italiener haben wir dabei, und Brunetti ist doch in Ihrer Gruppe«, sagte Gabi und fügte, den Mann im hellgrauen Anzug fixierend, halblaut hinzu. »Ich habe mir den Guido Brunetti immer ein wenig größer vorgestellt.«

Monika war inzwischen ebenfalls im Foyer eingetroffen, um Jo und die Besuchergruppe zu einer Führung durchs Präsidium abzuholen. Angefangen beim Schießstand und den Zellen im Keller wurde von den Labors bis zu der Asservatenkammer alles besichtigt, was dazu dienen konnte, die Zeit bis zu der im Anschluss geplanten Weinprobe zu überbrücken.

Im gleichen Augenblick, in dem Monika die Tür zur Kantine öffnete, bereute sie es bereits. Aber es gab kein Zurück mehr. Neugierige Blicke musterten die wie die Schlote qualmende, laut debattierende und dabei mit den Bierflaschen in den Händen gestikulierende Gästeschar an der Theke.

Neben Jo sog Brunetti hörbar die Luft in die Nase: »Was sind das für Leute?«

»Das ist die Schmiere bei der Lagebesprechung vor der Nachtschicht«, kam Jo der perplexen Monika zuvor, wobei er das Wort Schmiere nicht ins Englische übersetzte. Auch die Pressesprecherin war bei diesem Begriff trotz ihres Sprachenstudiums mit ihrem Latein am Ende.

*

Kay Scarpetta, Salvo Montalbano und Siggi Baumeister saßen auf der Rückbank. Gabi fuhr ungewohnt gefühlvoll aus dem Parkhaus auf die Straße. Obwohl sie es noch problemlos bei Gelb über die Ampel geschafft hätten, bremste sie den Wagen sanft ab und schob die Kassette ein. »Exercise eight. Listen to the dialogue again and fill in the ...«

»Immer noch dieser Exerscheiß?«, fragte Gabi.

Walde drückte die Auswurftaste und schaute nach hinten, wo sich Salvo angeregt über den in der Mitte sitzenden Siggi hinweg mit Kay unterhielt.

»Wie kommst du eigentlich zu deinem ausgeprägten amerikanischen Akzent?«, fragte Walde, während Gabi untertourig von einem Gang in den nächsten schaltete.

»Ich hab früher viel Musik von Motown gehört. So ein schwarzes Label mit Lionel Richie, Marvin Gaye. Meine Englischlehrerin ist schier verzweifelt. Sie versuchte, uns Oxfordenglisch beizubringen. Ich hab als Erste in der Klasse frei Englisch sprechen können, die Arbeiten nie schlechter als Zwei geschrieben und trotzdem, solange wir diese Oxfordziege hatten, immer nur eine Drei im Zeugnis stehen.«

»Und heute frischst du deine Englischkenntnisse immer noch mit Motown-Sound auf?«

»Nee, mehr Rap, Eminem und so.« Gabi bremste vor der Kurve zur Nordallee auf dreißig herunter.

»Aha, das erklärt einiges.«

»Was?

»Gabi, bitte verwende dieses Wort nicht mehr.«

»He, welches?«

Walde schaute verstohlen nach hinten: »Dieses englische Wort mit F!«

*

Die Sonne schien inzwischen von der anderen Seite in die tief unten im Tal liegenden Gärten. Veit stapfte zwischen Brennnesseln und wild wucherndem Efeu über den matschigen Weg am Bach entlang und schaute hoch zum Hang durch den Maschendrahtzaun, wo sich Wäsche auf der Leine im Wind bewegte. Sie hing seit dem Vormittag dort, als er abgehetzt an den Wasserfällen im oberen Teil des Tals ankam. Seine Kutte war in der kühlen Hütte im Fels nicht getrocknet, weil er, als das Feuer endlich brannte, vor den Eindringlingen flüchten musste. Veit blieb vor dem Zaun stehen. Oben am Haus regte sich nichts. Mit seinen schmutzigen Händen umfasste er den Holzpfosten unterhalb der Dose, die oben aufgestülpt war. Während er sich mit den Armen hochzog, suchten seine klobigen Schuhe in dem Draht nach Stellen, in die er die Fußspitzen einhaken konnte. Endlich brachte er ein Bein über den Draht und konnte sich über Brust und Bauch auf die andere Seite rollen. Als er wieder auf den Füßen stand, griff er in die Innentasche der Kutte und spürte augenblicklich die Kraft des länglichen Metalls, das sich so gut in seiner Hand anfühlte.

Er beobachtete das Haus, während er den Pulli, die Stoffkappe und die Weste von der Leine riss, die Kappe aufsetzte und sich die beiden Kleidungsstücke oben in die Kutte stopfte, damit er die Hände zum Klettern frei hatte.

*

Als Erstes fiel Walde der Zigarillo rauchende Priester auf, der, auf die Griffe an der Rückenlehne eines Rollstuhls gestützt, hinter dem immer noch mit rot-weißem Band abgesperrten Haupteingang des Doms stand. Erst als der ebenfalls dunkel gekleidete Mann im Rollstuhl den Arm hob, erkannte Walde ihn als den Domkapitular Alfons Adams.

Er machte Kay Scarpetta und Siggi Baumeister mit den beiden Geistlichen bekannt. Gabi und Salvo hatten sich nach dem Aussteigen Zigaretten angezündet und kamen nun langsam herbeigeschlendert.

»Wie geht es Ihnen?«, erkundigte sich Walde beim Professor.

»Halb so wild.« Adams' Stimme hörte sich kräftig an. Er fasste routiniert die Greifreifen und rollte nach einem leichten Schwenker mit dem Stuhl auf die Domtür zu. »Ich habe vor zwei Jahren schon mal hier drin gehockt.«

»Im Anschluss möchten wir Sie zum Tathergang befragen«, Walde ging neben Adams her. »Nachdem, was Frau Basten ausgesagt hat, verstehe ich nicht ganz, warum der Fototermin so eilig war.«

Adams bremste vor der Tür ab. »So wie manche Seiten auf dem Andruck ausgesehen haben, konnte ich keine Druckfreigabe für den Katalog erteilen. Zum einen wollte ich zur Eröffnung am Freitag nicht mit leeren Händen, sprich ohne Katalog, dastehen, zum anderen eine entsprechende Qualität vorweisen. Dazu mussten ein paar Seiten neu fotografiert werden.«

»So ein großer Aufwand?« Walde lehnte sich an die glatten Stein des Bruchstücks einer Säule, die neben dem Eingang des Doms lag. »Nur um ein paar Seiten schöner zu gestalten?«

»Es handelt sich hier um den Egbert Codex.« Adams hob bei diesem Namen die Stimme. »Eine wunderbare mittelalterliche Buchmalerei, aufgenommen in das Welterberegister der UNESCO. Die Farbabweichungen waren eklatant, vollkommen indiskutabel.« Adams schob seinen Stuhl wieder an.

Sein Begleiter eilte voraus zur Tür und zog an dem Ring unter dem Löwenkopf. Während er die schwere Tür aufhielt, streifte er die Glut seines Zigarillos am eisernen Türbeschlag ab.

»Seitdem ich Bekanntschaft mit diesem Fahrzeug machen durfte, halte ich mich von wackligen Baugerüsten fern und bin etwas sensibler für barrierefreie Architektur geworden.«

»Herr Professor, könnten Sie uns bitte den Weg zeigen, auf dem Sie mit der Fotografin zur Domschatzkammer gelangt sind?«

»Da ist uns ganz sicher niemand gefolgt.« Adams ließ den Rollstuhl ein wenig zurückrollen, als nehme er Anlauf.

Sein Begleiter steckte ein silberfarbenes Etui in eine verborgene Tasche unter seinem Gewand und drückte eine breite Glastür zwischen den Drehtüren im Windfang des Doms auf. Adams rollte eine Rampe hinunter und nutzte den Schwung, um durch den Mittelgang auf den Altar zuzurollen. Vor dem Altar schlug er ein Kreuz über der Brust und verbeugte sich leicht.

»Da hinten durch den Fröhlicher-Aufbau hinter dem Ostchor sollen die Diebe hereingekommen sein.« Der Professor wies auf die Tür in einer Wand aus schwarzem Marmor, an der links und rechts Treppen mit hellem Steingeländer hinaufführten.

»Wir haben ein Phantombild anfertigen lassen«, sagte Walde und griff in die Innentasche seiner Jacke.

»Das war eindeutig eine Sicherheitslücke, die wir beim Ausbau der Athanasiuskapelle unter der Heiltumskammer nicht berücksichtigt haben.« Adams stützte sich mit beiden Armen auf die Stuhllehnen und kam auf die Beine. Sein Begleiter reichte ihm zwei Krücken aus einer Halterung am Rücken des Stuhls. Adams warf einen kurzen Blick auf die Zeichnung. »Noch nie gesehen.«

Er humpelte um den steinernen Altar. Walde steckte die zusammengefaltete Zeichnung wieder zurück und folgte mit den anderen dem Domkapitular. Der legte zwischen dem verzierten Chorgestühl eine Pause ein. »Die Arme sind auch noch etwas steif.« Er stützte sich nacheinander auf nur eine Krücke und lockerte den freien Arm, indem er ihn leicht kreisen ließ. Dann setzte er den Weg bis zu der unscheinbaren Tür in der schwarz glänzenden Wand fort. Als sie nicht nachgab, lehnte er eine Krücke an den Rahmen und zog einen Schlüsselbund aus der Tasche. Mit untrüglicher Sicherheit entschied er sich für einen der zwei Dutzend Schlüssel und steckte ihn ins Schloss. Als er die Tür aufdrückte, glitt die angelehnte Krücke ins dunkle Innere. Gabi kam Walde zuvor und bückte sich. Walde bemerkte Salvos interessierten Blick, als der nach oben gleitende Rock Gabis Oberschenkel freigab.

Aus der Kapelle wehte ihnen der Geruch von Kalk und Zement entgegen. Walde folgte dem Domkapitular als Erster in den Raum, in den fahles Licht durch die kleinen Fenster in den meterdicken Wänden fiel. Hinter den Gerüsten waren Malereien an den Wänden auszumachen, ohne dass Walde Details erkennen konnte.

»Die Athanasiuskapelle, eine Rotunde …« Der Domkapitular hielt inne. »Sie wird zurzeit zu einer Kapelle für unsere orthodoxen Glaubensbrüder umgestaltet.«

Adams schloss bereits die zweite Tür auf, die hinaus auf die Windstraße führte. Draußen nahm er erneut im Rollstuhl Platz und ließ sich von seinem Begleiter an den hohen Mauern auf der Nordseite des Doms entlangschieben.

»Entschuldigen Sie, dass ich nicht gleich alles übersetzen konnte«, sagte Gabi, zu Salvo und Kay gewandt.

»Kein Problem, Siggi hat das schon getan, und etwas verstehe ich auch«, antwortete Kay Scarpetta. »Ich habe im College gelernt ein wenig Deutsch«, radebrechte sie. »Außerdem hatte meine Großmutter einen deutschen Schäferhund«, fügte sie in ihrer Muttersprache an, um dann auf Deutsch folgen zu lassen: »Sitz, Platz, Pfui, Hopp!«

*

Veit zerrte einen blauen Plastiksack aus dem Container. Zwischen leeren Tetrapaks, Obstschalen, Plastikflaschen und Verpackungen von Müsli-, Schokoriegeln und Milchschnitten fand er ein in Klarsichtfolie gehülltes Brot mit Schinken und Gurkenscheiben. Es schmeckte köstlich. Während er kaute, blickte er über den leeren Schulhof, abwechselnd zu den Fenstern des Lehrerzimmers, hinter denen noch Licht brannte, und dem Ausgang der Sporthalle, aus der Balltrippeln, Rufe und das Quietschen von Turnschuhen auf Linoleum zu hören waren.

Ein in Butterbrotpapier verpacktes Stück Marmorkuchen machte seinem Namen alle Ehre. Veit, der nichts zu trinken dabei hatte, brachte es kaum hinunter. Instinktiv hatte er um die Armenküche am Krankenhaus einen Bogen gemacht. Zu seiner Hütte konnte er auch nicht mehr zurück. Hinter einer platt getretenen Dose fand er einen Apfel. Als er hineinbiss, sah er den Kaugummi, der obenauf pappte. Nachdem er ihn sorgfältig abgepult hatte, blieben Reste davon an seinen Fingerspitzen kleben. Er versuchte immer noch, sie an der Hose abzuwischen, als er bereits wieder auf der Straße unterwegs war.

Veit bemerkte die von einem Geistlichen im Rollstuhl angeführte Gruppe auf der anderen Seite erst, als er auf gleicher Höhe mit ihr war. Umso heftiger zuckte er zusammen, als er den Mann erkannte, den er am Morgen vor seiner Hütte beobachtet hatte. Ihm musste er den Schrein wieder abjagen!

*

»Also, hier sind wir reingekommen.« Der Domkapitular sperrte eine Tür auf, neben der Walde auf einem Schild DOMKREUZGANG las.

Adams rappelte sich, nachdem er einige Meter durch den von Spitzbögen gesäumten langen Gang gerollt war, wieder aus dem Stuhl hoch und stieß mit einer Krücke das Gitter zu einer spartanisch wirkenden Kapelle auf.

»Die haben da nichts verloren!« Er hinkte zu einem erhöhten steinernen, thronähnlichen Sitz an der Rückwand. Sein Begleiter eilte ihm nach, klaubte dort drei Friedhofsleuchten auf und stellte sie auf den Fußboden.

»Das ist der Krummelstuhl, da saßen in früheren Jahrhunderten meine Vorgänger zu Gericht.«

»Zu Gericht?«, fragte Gabi verwundert.

»Die Domimmunität hatte im Mittelalter ihre eigene Gerichtsbarkeit. Davon erzähle ich Ihnen ein andermal.«

Als sie am Ende des Kreuzgangs an die Tür zum Dom gelangten, schaute Walde auf seine Uhr. »Ich denke, wir haben hier genug gesehen, Herr Adams. Könnten wir abschließend noch einen Blick in Ihren Garten werfen?«

Auf dem Weg vom Türchen in der hohen Mauer zum Kutscherhaus konnte der Domkapitular den Stuhl nicht aus eigener Kraft über den feinen Kies schieben.

»Hier hab ich sie vor einer Woche gefunden.« Adams deutete auf einen Strauch mit auffallend dunklen Blättern. »Die Hexe, sie ist vergiftet worden.«

Walde hörte, wie Gabi hinter ihm die Worte des Professors ins Englische übersetzte und anfügte: »Was darauf hindeutet, dass der Professor seit einer Woche observiert wurde.«

»Welche Hexe. Nennt man so die Haushälterinnen?«, fragte Kay.

»Nein«, Gabi lachte, »höchstens Hausdrachen ...«

»... meine ist eine Perle«, unterbrach sie der Domkapitular. »Hexe, so hieß mein Hund, ein belgischer Schäferhund.«

»Verstanden«, kam Kay Gabis Übersetzung zuvor.

»Dürfen wir?« Siggi stand mit Salvo am Eingang zum Kutscherhaus.

Als Walde nickte, verschwanden die beiden durch die grün gestrichene Tür. Kay schien ebenfalls das Interesse an dem Gespräch zwischen Walde und Adams verloren zu haben und schlenderte unter Bäumen hindurch in den Garten hinein.

Walde blieb mit Gabi, Adams und dessen Begleiter, der sein Etui wieder hervorgeholt hatte und den halben Zigarillo über der Flamme eines Streichholzes anrauchte, vor dem Kutscherhaus zurück.

»Ich habe gehört, was Sie Ihren Begleitern erklärt haben«, wandte sich der Domkapitular an Gabi. »Sie glauben also, dass mich jemand hier aus der Remise beobachtet hat.«

»Nicht nur beobachtet«, sagte Gabi. »Unsere Techniker vermuten, dass Ihr Telefon abgehört wurde.«

»Ich habe vorgestern Abend mit Frau Basten telefoniert, dann mit der Polizei und einem Sakristan wegen der Abschaltung der Alarmanlage in der Domschatzkammer. Wer da mitgehört hat, dem wurde die Gelegenheit auf einem goldenen Teller serviert.« Der Professor seufzte und zeigte auf den ins warme Licht der untergehenden Sonne getauchten Fachwerkgiebel des Kutscherhauses. »Und diese Leute von hier oben haben Hexe und Konrad, ich meine Herrn Marx, den Gärtner, auf dem Gewissen.«

Vor ihnen tauchte Kay zwischen den Büschen auf, verschwand im Kutscherhaus und kam gleich darauf mit einer Kehrschaufel wieder ins Freie.

»Darf ich?« Sie deutete zu den Büschen zwischen dem Kutscherhaus und der hohen Gartenmauer, wohin sie, ohne eine Antwort abzuwarten, verschwand.

Wenige Minuten später kam die Amerikanerin zurück und hielt die gefüllte Schaufel in Brusthöhe vor sich.

»Ist es das, was ich befürchte?«, fragte Gabi und verzog das Gesicht.

»Was gibt es da zu befürchten?« Kay legte die Stirn in Falten. »Meine Ermittlungen fangen meist da an, wo es für gewöhnliche Sterbliche eklig wird, aber hierin sehe ich noch nichts Ekliges.« Sie zeigte auf die Exkremente. »Das ist hundsgewöhnliche Scheiße.«

»Hundescheiße?«, fragte Gabi.

»Wenn sich der entsprechende Hund den Hintern abgewischt hat, dann ja«, sagte Walde mit einen Blick auf das Papier, das zwischen Exkrementen und Blättern steckte.

»Ein sprechender Hund?«, wiederholte Kay.

Gabis Handy klingelte. Sie wandte sich ab. Walde überlegte, was er mit Kays Fund anfangen sollte. Wie sollte er das der Spurensicherung erklären?

Als habe sie Waldes Gedanken erraten, sagte Kay: »Ich helfe gern bei den Kollegen in der Technik aus.«

»Für dich.« Gabi reichte Walde ihr Handy.

»Warum hast du dein Handy nicht eingeschaltet?« Harrys Stimme war kaum gegen den Lärm im Hintergrund zu verstehen.

»Sorry, hab ich vergessen, wo bist du?«

»Im Präsidium. Ich hab eine interessante Info bekommen über einen Mann, der in den Felsen wohnt.«

»Unser Mann von heute Morgen?«

»Nein, aber vielleicht kann der uns weiterhelfen.«

»Gut, ich komme mit. Hol mich bitte in der Kurie von Professor Adams ab und sag der Technik Bescheid, sie sollen einen Wagen vorbeischicken. Wir haben noch etwas im Garten des Domkapitulars gefunden, das untersucht werden müsste.«

Zehn Minuten später betrat ein Techniker den Garten. »Ihre Kollegen erwarten Sie draußen.«

»In Ordnung.« Walde wandte sich an Gabi. »Kannst du dich bitte weiter hier drum kümmern?«

»Wo willst du hin?«, fragte Gabi.

»Wieder in die Felsen, nichts für deine Schuhe.«

Im Wagen hockten Harry und ein junger Mann auf der Rückbank. Grabbe saß wie ein Taxifahrer am Steuer. Er fuhr gleich los, als Walde eingestiegen war.

»Das ist der Betreuer, auf Neudeutsch Streetworker, für die Trierer Nichtsess… Nichtsess… also für die …«, stotterte Harry.

»Obdachlosen«, ergänzte Grabbe.

»Na, ist ja auch egal.«

Im Wagen roch es unangenehm nach Bier und Rauch. Walde ließ sein Fenster herunter. Toller Streetworker, dachte er, stinkt wie drei seiner Klienten.

Sie fuhren hinter der Kaiser-Wilhelm-Brücke bergauf Richtung Bitburg.

»Da vorn links rein«, dirigierte der Streetworker von der Rückbank.

Die enge Straße verlief steil den Berg hinunter zu einem Bach mit einer schmalen Holzbrücke.

»Von hier aus müssen wir zu Fuß weiter.«

Der Weg mündete in einen dunklen Wald. Neben ihnen plätscherte ein Bach. Ein schriller Vogelschrei ließ Walde zusammenzucken. Überall raschelte es. Der Streetworker ging vorneweg, Walde und Grabbe folgten ihm. Harry war zurückgeblieben und pinkelte an einen Baum.

»Wir sollten ab jetzt leise sein.« Nach einer kurzen Strecke bog der junge Mann in eine schmale Schlucht ein. Walde und Grabbe warteten, bis Harry zu ihnen aufgeschlossen hatte. Sie mussten auf dem winzigen Pfad hintereinander gehen. Links und rechts von ihnen stiegen felsige Hänge auf.

Mit einem Mal war das Rascheln laut und anhaltend. Walde starrte ins Unterholz, konnte aber kein Tier flüchten sehen. Er schnupperte Rauch und wäre fast mit dem Mann vor ihm zusammengestoßen, der sich plötzlich umgedreht hatte.

»Ich geh vor und rufe Sie, sobald ich mit Bruno gesprochen habe.« Der Streetworker stieg den Hang hinauf. Unter den Sohlen seiner bis über die Knöchel reichenden

Schuhe rutschte Sand nach unten. Walde sah, wie der Mann sich auf zwei dunkle Punkte hoch oben im Fels zubewegte, die wie dicht zusammenstehende Augen eines Raubvogels wirkten.

In den Rauchgeruch mischte sich der Duft von Gebratenem. Ein kühler, mit Nieselregen durchsetzter Wind wehte aus der Schlucht herauf. Hoch oben knackte es.

»Scheiße.« Harry bückte sich und ging ein paar Schritte rückwärts. »Hier versinkt man ja im Schlamm.«

Walde roch seine Bierfahne und flüsterte. »Was hast du denn gemacht?«

»Was mit den anderen Nichtsess ..., mit den Pennern getrunken.«

»Wie bitte?«

»Wie man's macht ist es verkehrt.«

»Nicht so laut!«, zischte Grabbe.

Von oben wurde etwas Unverständliches gerufen.

»Wir können hoch«, sagte Harry und versuchte, mit nach außen gestellten Füßen Halt in dem sandigen Hang zu finden.

»Ich geh da nicht hoch«, sagte Grabbe.

»Dann musst du hier unten bleiben.« Walde machte sich an den Aufstieg. Seine glatten Sohlen rutschten im Sand. Er krallte sich an Wurzeln und Gestrüpp fest. Endlich erreichte er einen Baum in halber Höhe, an den sich Harry keuchend lehnte. Unter sich hörten sie Gemurmel: »Hier komme ich niemals wieder runter.«

Im letzten Stück war der Hang dermaßen steil, dass Walde nur noch auf allen vieren vorwärts kam. Er machte sich längst keine Gedanken mehr darüber, wie seine Hose in Kniehöhe aussah. Beim Abstieg würde es dem

Hosenboden sicher nicht besser ergehen. Oben half Walde Grabbe über die Felskante, während ein zotteliger Hund an seiner Hose schnupperte.

Walde schien es, als bewege er sich auf einen überdimensionalen und weit aufgerissenen Mund zu. Wie ein Zäpfchen am Schlund teilte eine Säule zwei dunkle Gänge hinter der roten Höhlung, in der ein Feuer zwischen aufgeschichteten Steinen brannte. Darauf standen ein Topf, unter dessen klapperndem Deckel Dampf hervorquoll und ein Rost mit brutzelnden Fischen. Auf dem Sandsteingewölbe zuckten Schatten.

»Bruno, das sind die Polizisten, die hinter den Räubern aus der Domschatzkammer her sind.«

»Hab davon gehört.«

Die Hitze des Feuers schlug Walde entgegen. Beißender Rauch drang ihm in die Augen. Er kniff sie zusammen und legte zum Schutz eine Hand darüber. Als er die Augen wieder öffnete, hatte der Wind gedreht. An seiner Jacke hing feine weiße Asche.

Der Streetworker saß neben einem Mann, von dem Walde an den Konturen nur wahrnehmen konnte, dass er einen langen Bart trug. Walde rieb die mit Sand und Schlamm verklebten Hände aneinander, putzte die rechte an seiner Hose ab und streckte sie zur Begrüßung aus, woraufhin der Hund knurrte.

»Der Hund ist friedlich, aber er lässt niemanden an Bruno ran«, warnte der Streetworker.

Der Bärtige wendete die Fische, die er sicherlich unten im Bach oder in der Mosel gewildert hatte. Walde setzte sich auf die leicht schräg ansteigende Felswand neben den Streetworker. Harry und Grabbe nahmen ebenfalls Platz.

»Einen Teil der Beute haben wir heute in der Hütte von Veit gefunden.«

»Hab davon gehört.« Bruno starrte ins Feuer, ohne ein weiteres Wort zu sagen.

Im Topf brodelte es leise, ganz in der Nähe gurrte eine Taube. Der Hund hatte sich auf den Boden gelegt und beobachtete Walde, der dem Spiel der Flammen zusah. Bruno hob mit einem langen Messer den Topfdeckel an und legte ihn auf einem Stapel krummer Äste ab. Dann stocherte er mit der Messerspitze im Topf.

»Wollt ihr?« Er fischte eine Kartoffel heraus.

Als der Streetworker nickte, ließen sich auch Walde und Grabbe eine dicke Pellkartoffel auf einem Brettchen geben.

Nachdem der junge Mann mit dem Schälen fertig war, reichte er sein Schweizer Taschenmesser an Walde weiter. Bruno hatte bereits die erste Kartoffel gegessen und knabberte, vor jedem Bissen pustend, an einem gegrillten Fisch.

Urplötzlich raschelte es über dem Felsen so laut, dass alle innehielten. Der Hund spitzte die Ohren.

»Fisch?« Bruno hob einen mit dem Messer vom Rost. »Das wird ein Fuchs oder eine Ratte gewesen sein.«

»Den teilen wir uns.« Der Streetworker ließ sich den Fisch, der herrlich duftete, auf sein Brettchen legen und hielt es Walde hin.

Als der Fisch etwas abgekühlt war, zog Walde eine Hälfte ab und reichte sie an Grabbe weiter.

»Danke, ich esse mittwochs keinen Fisch«, lehnte Grabbe ab, der generell keinen Fisch mochte.

Walde zog die Gräten ab. Der Fisch schmeckte köstlich.

»Hier bin ich nur in der warmen Jahreszeit.« Bruno nahm den letzten Fisch vom Grill und löste das Fleisch von den Gräten.

Nach dem Essen stellte Bruno den Topf auf den Boden. Der Hund trottete herbei und fraß die Reste. Grabbe beobachtete die Szene mit gerümpfter Nase.

»Sie sollen diesen Einsiedler von St. Jost besser kennen?« Walde schaute auf seine Uhr, aber in der Dunkelheit war nichts zu sehen.

»Was heißt besser kennen?«

»Was er so macht.«

»Der Veit gräbt hier oft.«

»Wo?«

»Hier in den Felsen im Busental.« Bruno wischte sich mit der Hand eine Stechmücke von der Stirn. »Das sind Sandhöhlen, bröckeliger Fels und viel Sand. Im neunzehnten Jahrhundert haben die Leute hier Sand abgegraben, den sie eimerweise als Scheuermittel verkauft haben.«

»Dann sind die Höhlen nicht natürlich entstanden?«

»Bei der hier weiß ich es nicht, aber drüben ist eine«, der Mann deutete auf den gegenüberliegenden Hang, »die ist ein paar Kilometer lang und so verzweigt, dass sich Kinder auf Erkundungstour verlaufen haben. Deshalb wurde der Eingang vor ein paar Jahren zugemauert.«

»Und Veit?«, versuchte Walde wieder zum Thema zu kommen. »Wonach gräbt der?«

»Der sucht den Heiligen Gral.«

»Aha.«

Weit draußen im Wald war ein Bellen zu hören. Der Hund nahm die Schnauze aus dem Topf und stellte die Ohren auf.

»Ruuhig, ruuhig«, besänftigte ihn sein Herrchen. »Nee, das ist kein Quatsch, der Veit ist schon mal verschüttet worden. Der schafft ja immer allein, wäre fast sein Ende gewesen.«

»Und?«

»Er wurde unten am Bach mit einem gebrochenen Fuß gefunden. Aber er sagt keinem, wo er gräbt. Höhlen gibt es hier genug.«

»Und wo könnte er jetzt sein?«

»Keine Ahnung, vielleicht in seiner Hütte bei St. Jost.«

Walde schüttelte den Kopf. »Denken Sie, dass er vielleicht von Trier fort will?«

»Glaub ich nicht, der lebt schon seit über zehn Jahren hier in der Wildnis, der kann nicht einfach so in Köln oder Hamburg Platte machen.«

Bruno nahm den Topf und lehnte ihn an den Fels neben der Höhle. »Den Rest sollen heute Nacht die anderen Tiere haben.«

Walde setzte sich auf der Rückfahrt ans Steuer. Grabbe fühlte sich nicht wohl, und Harry hatte noch zuviel Alkohol im Blut.

»Welche Tiere er wohl gemeint hat, die den Topf in der Nacht leer fressen?«, fragte Grabbe mit kläglicher Stimme.

»Das können nur Ratten sein«, vermutete Harry. »Die sollen früher alle möglichen Krankheiten, wie zum Beispiel Cholera, verbreitet haben.«

»Oder Füchse«, sagte der Streetworker.

»Die übertragen Tollwut oder Fuchsbandwürmer«, stellte Harry fest.

»Halt an!«

Walde schaute hinüber zum beleuchteten Zurlaubener Ufer, während Grabbe sich weit hinaus über das Geländer der Kaiser-Wilhem-Brücke beugte und die Fische fütterte.

*

Im Gewölbekeller, tief unten im Weingut der Vereinigten Hospitien, schienen die Teilnehmer der Weinprobe bester Laune zu sein.

Stiermann hatte den Arm nebenan über die Lehne des Stuhls von Kay Scarpetta gelegt. Sie beugte sich zu ihm hinüber und erzählte ihm anscheinend eine lustige Anekdote, denn der Präsident brach in schallendes Gelächter aus, das, Walde war sich ziemlich sicher, sehr amerikanisch klang.

»Mensch, Bock, endlich sind Sie da!« Der Präsident hatte ihn entdeckt, stand auf und begrüßte ihn mit einem Schlag auf die Schulter. »Guter Mann, Ihr Freund da vorn!« Er deutete zum Kopfende der langen Tafel, wo Jo gerade einer auffallend gut aussehenden Frau zuprostete.

»Mensch, diese Kay, das ist mir vielleicht eine«, flüsterte ihm Stiermann jovial zu.

»Sieht wirklich gut aus«, bestätigte Walde.

»Das ohne Zweifel. Aber die hat auch beruflich total was drauf. Die würd ich auf der Stelle hier behalten. Auch die von der Technik sind begeistert.«

Walde lachte: »Kann ich mir denken.«

»Nein, im Ernst. Der Stein aus der Hütte ist tatsächlich nicht die Tatwaffe.«

»Aha.«

»Und es kommt noch besser.« Stiermann warf Kay eine Kusshand zu.

Walde überlegte, ob sein Chef nun völlig durchgedreht war.

»Sie hat Fingerabdrücke vom Täter gefunden.«

»Auf dem Stein?«

»Nein, der ist doch nicht die Tatwaffe«, erklärte der Präsident. »Auf einem Blatt in der … von einem Blatt, das sie in der Kurie gefunden hat.«

»Auf Klopapier?«

»Nein, auf dem Blatt eines Kirschlorbeers. Das ist ein immergrüner Strauch mit sehr glatten Blättern.«

»Schöne Scheiße«, rutschte es Walde heraus.

»Mensch, die würde in unser Team passen! See you.« Stiermann wandte sich erneut Kay zu.

Walde ging nach vorn und nahm sich ein leeres Glas von einem Beistelltisch. Jo stieß schon wieder mit der Blondine an. Er hatte eine halbvolle Flasche vor sich auf dem Tisch stehen. Walde steuerte darauf zu, hielt aber inne, als Jo und die Schöne mit ineinander verschlungenen Armen eine honiggelbe Flüssigkeit aus ihren Gläsern tranken und ihre Lippen sich anschließend zu einem Kuss fanden, der Walde für eine Weinbruderschaft einen Tick zu lange vorkam.

»Darf ich vorstellen? Das ist Frau Wilhelmsen aus Norwegen.« Jo schenkte Walde ein. »Und das ist eine wunderbare Trockenbeerenauslese.«

»Hanne.« Sie hielt ihm die Hand hin.

»Walde.«

Aus der Nähe sah die Frau noch besser aus.

»Du hast einiges verpasst. Danach gibt's nur noch, was sage ich nur noch, Quatsch, das ist natürlich der Höhepunkt des Abends, einen wunderbaren Eiswein. Ich benutze dieses Wort wirklich nur sparsam, aber dieser Wein ist wirklich legendär.« Jo hatte an seiner Toga die Verschnürung gelöst, was einen Blick auf seine breite haarige Brust freigab. »Aber die acht Weine vorher und das Essen hast du verpasst.«

»Ich habe bereits etwas gegessen.« Walde nahm einen weiteren Schluck aus dem Glas, um nicht mehr an die Kartoffeln erinnert zu werden. Jo schenkte nach.

Walde nahm ein halbes Baguette, brach ein großes Stück davon ab und stopfte es in den Mund.

»Du willst doch nicht etwa eine Todsünde begehen und mit solch einer Kredenz ein Brot hinunterspülen wollen?«

Walde ließ das Glas stehen und versuchte, mit dem Bissen fertig zu werden.

Jo sagte mit gedämpfter Stimme: »Ich hab nichts dazu gesagt, dass du dich an Hanne heranmachst. Aber solch ein Sakrileg kann ich bei aller Freundschaft nicht dulden.«

Walde zog laut Luft in die Nase. »Und seit wann wird auf Weinproben geraucht? Das beeinträchtigt doch deiner Ansicht nach die Geschmacksnerven?«

Jo zuckte mit den Schultern und prostete dem Präsidenten zu.

»Haben Sie den Mann mit der Mönchskutte gefangen?«, fragte Hanne.

»Woher wissen Sie von dem Fall?« Walde war verblüfft.

»Man redet auf dem Treffen von nichts anderem, alle fiebern mit.«

Sie sah ihn an. Ihre hohe glatte Stirn glänzte ein wenig unter dem Seitenscheitel ihres schulterlang fallenden, blonden Haars. »Oder dürfen Sie nichts erzählen?«

Die braunen Augen, unter denen sich dunkle Ringe zeigten, die eigentlich nicht zu ihrem Alter passten und auf erheblichen Stress deuteten, hielten seinem Blick stand.

»Nein, das nicht, ich möchte Sie nicht langweilen. Wir haben heute eine Menge Puzzleteile zusammengetragen, aber noch wissen wir nicht, wie sie zusammenpassen.«

»Vielleicht kann ich Ihnen dabei helfen?« Ihre Nase hatte eine klassische Form, die Walde an einen Stummfilmstar erinnerte. Er schielte auf ihr Namensschild, weil ihm ihr Name entfallen war. Er musste sich zurückhalten, ihr nichts über den Fall zu berichten. Der Wein zeigte bereits seine Wirkung.

»So, darf ich zum letzten Mal um Ihre Aufmerksamkeit bitten?« Jo erhob seine Stimme. Die Gespräche verstummten nach und nach. »Trinken Sie bitte Ihr Glas aus. Wir kommen jetzt zum absoluten Höhepunkt des Abends. Sie brauchen nichts vom Rebensaft zu verstehen, dieser Wein erzählt Ihrem Gaumen alles, was in ihm steckt.«

Jo wartete, bis die grün beschürzten Helferinnen allen am Tisch eingeschenkt hatten.

»Das ist ein Eiswein, der für mich die Krönung der Schätze aus dem Weinberg darstellt. Aber hier haben wir noch obendrein eine der besten Lagen der Welt, einen 99er Kaseler Nieschen, auf dem Weingut Reichsgraf von Kesselstatt bei 14 Grad Minus am Morgen des zweiten Weihnachtstages zwischen vier und fünf Uhr dreißig gelesen. Dicht, brillant und elegant zugleich mit stolzen 172 Öchsle.«

»Heißt das wirklich auch im Englischen Öchsle?«, fragte Gabi.

»Wurde bei den Motowns kein Wein getrunken?«, entgegnete Walde.

»Öchsle heißt der Erfinder der Mostwaage«, half Siggi aus. »Ich glaube, sein Vorname war Ferdinand. Die Engländer haben bei ihren zahlreichen Importen auch diesen Begriff übernommen. So wie Kindergarten, Autobahn und Sauerkraut ... Walzer, Rucksack, Wunderkind und bei den Franzosen ‚le Waldsterben'.« Er legte die Pfeife in den Aschenbecher und schlürfte genüsslich sein Mineralwasser, als habe er ebenfalls eine Rarität vor sich.

»Alles Weitere werden Sie von Ihrem Gaumen erfahren.« Jo nahm einen kleinen Schluck, schloss die Augen, spitzte die Lippen und ließ ein leises Gurgeln hören.

»Was haben Sie da im Glas?«, fragte Gabi.

»Ein ausgezeichnetes Wässerchen, in Tausenden von Jahren in den Tiefen der Vulkaneifel herangereift.« Siggi Baumeister schnalzte mit der Zunge.

»Wir sollten mal Ihre Fähigkeiten in einer Blindverkostung testen.«

»Bei Wasser kann man mir nichts vormachen ... und bei Pfeifentabak.« Siggi zog eine zweite Pfeife aus der Tasche.

»Dieser Wein ist dazu gemacht, glücklich zu werden«, Jo hielt sein Glas gegen das Licht und betrachtete die goldgelbe Flüssigkeit, »Frieden zu schaffen und Einsichten zu gewinnen, wie das Übel des Verbrechens ausgerottet werden kann.«

»Was, zum Henker, soll dieses Gesöff noch alles können!« Der schwere Mann mit den blonden Haaren war bisher nur aufgefallen, als er zwei Portionen der Winzervesper in Windeseile hinunterschlang. »Das Problem ist nur, dass es mir so vorkommt, als wäre auf der Kriminalität eine ganze Zivilisation aufgebaut worden.«

»Da kann ich Kurt Wallander voll und ganz zustimmen«, sagte Salvo. »Das ist bei uns im Süden nicht anders.«

Walde begleitete Hanne Wilhelmsen durch die ruhigen Straßen der Innenstadt zum Hotel. Dabei wählte er den Umweg durch die Tore der Porta Nigra.

»Nachts sind alle Katzen grau, so sagt man doch bei euch.« Sie hatte sich bei Walde untergehakt. Seit sie den Keller verlassen hatten, litt Hannes Stimme ebenso wie ihr Gang unter der Wirkung des Alkohols.

Die Illumination ließ das alte Gemäuer in der Tat grau erscheinen. Oder war es der Wein? Walde war sich nicht sicher.

Vor der Glastür des Hotels ließ Hanne seinen Arm los und wandte sich zu ihm. »Schade, ich hätte noch so gerne mit dir Bruderschaft getrunken.«

Wahrscheinlich würden sie sich nie mehr wieder sehen. Dieser Gedanke schien beide zu bewegen.

»Kommst du noch mit rein einen Kaffee trinken?« Hanne lächelte ein kriminell verführerisches Lächeln, dem Walde nichts ausschlagen konnte. Sie ging voraus. Ihre Hüften schwangen nur ein wenig über ihren langen Beinen mit den leicht gewölbten Oberschenkeln. Walde überlegte, wie sie in ihrem Hotelzimmer einen Kaffee aufbrühen sollte, was er Doris sagen sollte, weil es sehr spät und die Weinprobe längst vorbei war. Er schob die Gedanken beiseite.

Sie gingen an den Aufzügen vorbei in einen Flur. Diana Krall sang *'The Girl in the Other Room'*, als Hanne die Tür zu einem Raum öffnete, dem ein Geruch entströmte, der Walde an die Weinprobe erinnerte.

Es war Siggi Baumeisters Pfeifentabak, der schon vorhin über allem geschwebt hatte. Siggi blickte vom Schachbrett auf und nickte ihnen lächelnd zu. Sein Gegenüber war vollkommen in die Konstellation vor sich auf dem Brett versunken und schreckte hoch, als Walde beim Vorbeigehen an seine Stuhllehne stieß.

»Was zum Teufel ...« Der Mann schaute ihn böse an.

Walde entschuldigte sich und las ‚Erich Van Veeteren' auf dem Namenschild. Nach einem Schluck aus seinem Weinglas wandte der Mann sich wieder dem Spiel zu.

An der Bar hatten Gabi und Salvo Montalbano ihre Barhocker dicht zusammengerückt. Diana Krall ließ die Finger über die Tasten ihres Klaviers gleiten. Gabi hatte ihre Bluse um zwei weitere Knöpfe geöffnet, Salvo sein Jackett abgelegt, eine Hand mit brennender Zigarette auf der Theke, die andere auf Gabis Oberschenkel.

Walde und Hanne nahmen an einem Tisch an der Wand gegenüber dem Flur Platz. Der Barkeeper brachte zwei Gläser Wein. Walde hatte nicht mitbekommen, dass Hanne schon bestellt hatte.

»Prost«, kam es von der Theke, wo Gabi ihr Glas hob und lallend den Trinkspruch ausbrachte. »Auf die Liebe und die Nacht!«

Sie prosteten zurück, während Gabi einen Schluck nahm und sich wieder Salvo widmete.

»Für einen Mann siehst du sehr gut aus«, raunte Hanne.

»Und du siehst auch sehr gut aus.«

»Bis auf die dunklen Ringe unter den Augen.« Sie strich mit den Fingerspitzen darüber.

»Die sind nach vierzehn Tagen Urlaub weg.«

»Sie sind dir also auch aufgefallen?«, fragte sie und hob ihr Glas. »Trinken wir nun Bruderschaft?« Sie fuhr sich mit dem Handrücken über die glänzenden Lippen. »Mit Kuss?«

Donnerstag

Walde stolperte die Treppe zur menschenleeren Fußgängerunterführung hinunter. Seine Schritte kratzten über die grauen, schrägen Steinstufen. Es war ein Umweg, aber in diesem Zustand wollte er auch mitten in der Nacht nicht oben auf der Straße gesehen werden. Im grellen Neonlicht wankte er über die schmutzigen Fliesen zum Alleenausgang.

Die leichte Schräge kam ihm unüberwindlich vor. Er stellte sich neben eine Informationsvitrine der Sparkasse und pinkelte gegen die Wand. Es dauerte unendlich lange. Er konnte nicht ruhig stehen, machte einen Ausfallschritt zur Seite und dann nach hinten. Zwei Nachteulen gingen vorbei.

»Verdammter Pissarsch!«, rief eine weibliche Stimme und brach in Lachen aus.

Endlich konnte Walde den Reißverschluss hochziehen. Er nahm die Schräge hoch zur Allee in Angriff. Der drei Meter breite Weg zwischen den Bäumen hätte keinen Zentimeter schmaler sein dürfen. Walde war viel zu sehr mit sich selbst beschäftigt, als dass er den Mann bemerkt hätte, der ihm, im Dunkel der Bäume verborgen, folgte. Als er vor seiner Haustür ankam und versuchte, das Schlüsselloch zu treffen, stand der Mann mit einem Mal neben ihm.

»Ich will ihn zurück haben!«

Walde zuckte zusammen. Wer war dieser Typ, der plötzlich aus dem Nichts aufgetaucht war?

»Du wirst ihn mir zurückgeben!« Die Stimme klang energisch.

Walde spürte, wie sein rechter Oberarm von einem festen Handgriff umschlossen wurde. Der Schlüsselbund fiel klirrend auf die Fußmatte.

Der Mann trug einen Pullover mit Reißverschluss, unter der Kappe war keine einzige Haarsträhne zu sehen. Die leicht abstehenden Ohren ließen das Gegenlicht rötlich durchscheinen. Das Gesicht lag im Schatten.

Veit! Die Erkenntnis löste bei Walde keinen Adrenalinschub aus. Er konnte ihn nicht verhaften, vielmehr wurde er von dem Mann festgehalten, der ihm an Kraft überlegen schien.

»Waaas?«, lallte Walde.

»Den Schrein!«

Der Griff wurde noch fester.

»Der kommt wieder in den Dom zurück.«

Der Mann schien nachzudenken, ließ Waldes Arm los. Der wagte es nicht, sich nach dem Schlüssel zu bücken.

»Ich will ihn zurückhaben.« Beim dritten Mal lag hinter den Worten weniger Nachdruck. Walde beobachtete, wie der Mann in seine Hosentasche griff. Er nutzte die Gelegenheit, um sich nach dem Schlüssel zu bücken. Ohne Veit aus den Augen zu lassen, tastete er über die rauen Borsten der Matte, bis er den Schlüsselbund zu greifen bekam. Er schloss die Tür auf. Veit beobachtete ihn unbewegt. Walde ging hinein und schloss die Haustür von innen ab. Durch das dicke Glas der kleinen vergitterten Scheibe sah er Veit vor der Tür ausharren.

In der Wohnung war es still. Die Türen zum Schlafzimmer und zum Kinderzimmer waren angelehnt.

Walde ging ins Wohnzimmer. Im Dunkeln zog er die Jacke aus. Sie stank nach Rauch. Er öffnete die Tür zur

Terrasse und hängte die Jacke über einen Stuhl. Über den hohen Mauern zur Straße türmten sich die Kronen der Alleebäume wie schwarze Gewitterwolken.

Drinnen verschloss Walde die Tür und legte sich auf die Couch.

*

Walde war ohne Frühstück aus dem Haus gegangen. Die frische Luft, die er auf dem Weg zum Präsidium in seine Lungen gesogen hatte, verlor bereits auf der Treppe zu seinem Büro ihre Wirkung. Auf dem Treppenabsatz stützte er sich auf das Geländer und keuchte wie nach einem Sprint über zweihundert Meter.

»Alle Achtung, du bist ins Büro gejoggt!« Jo stand auf dem Flur und hielt ein meterlanges Baguette in der Hand, an dessen Seiten Salat und Tomaten hervorquollen.

Auch das noch! Walde, der gehofft hatte, sich unbemerkt in sein Büro stehlen zu können, wischte sich den Schweiß von der Stirn.

»Du siehst aber gar nicht gut aus.« Jo biss krachend in das Baguette. »Wenn es dir nicht gut geht, warum bist du dann gelaufen?« Jo folgte Walde zur Bürotür, wo wieder nicht der richtige Schlüssel zur Hand war.

»Ich bin nicht gelaufen.« Der Geruch von Wurst und Mayonnaise ließ Walde den Kopf abwenden. »Mir ist einfach nur schlecht.« Die verdammte Tür ging nicht auf.

»Warum bist du denn nicht zu Hause geblieben?«

»Wenn wir den Mörder und den Egbert-Codex haben, gehe ich heim.« Die Tür sprang auf und Walde nahm einen tiefen Atemzug abgestandener Büroluft.

»Eigentlich heißt er Codex Egberti.«

»Codex Experti?« Walde blieb an seinem Schreibtisch stehen und stützte sich auf die Platte.

»Nein, Codex Egberti. Dieser ehemalige kleine Mokka heißt ja auch nicht Expresso, sondern Espresso oder so.« Jo nahm auf dem Stuhl vor dem Schreibtisch Platz.

Walde schaffte es bis zum Fenster, wo er einen Spatz von der Fensterbank scheuchte.

»Hast du nicht mal neun Jahre in Latein neben mir gesessen?«

»Wenn du der vorlaute dicke Junge warst«, Walde öffnete das Fenster, »dieser Streber, den angeblich alles interessierte ...« Walde atmete erschöpft die hereinströmende Luft ein.

»Das ist angeborene Neugier, da kann ich nichts für, ebenso wenig wie für meinen Appetit.« Wieder krachte das Baguette.

»Nicht zu vergessen den großen Durst.« In Höhe von Waldes Schläfen schienen von beiden Seiten Messer zu stecken, zudem war seine Nase verstopft.

»Damals war das reiner Wissensdurst, jedenfalls ist Egberti ...«

»... okay, der Genitiv von Egbert oder so.« Walde wollte sich von seiner Übelkeit ablenken.

»Stimmt es, dass du in der Schule nur neben mir gesessen hast, um bei mir abzuschreiben?«

»Bei deiner Sauklaue?«

»Ich hatte vor, Medizin zu studieren und schon mal für die unleserlichen Rezepte geübt.«

Walde brauchte augenblicklich eine Kopfschmerztablette, und wenn er den Polizeipräsidenten um Aspirin bitten musste.

»Errare humanum est«, fuhr Jo fort.

»Jedenfalls hab ich wegen dem blöden Latein zu wenig für mein Englisch getan.« Womit Walde erneut an den vorigen Abend erinnert wurde.

»Du hättest Wasser trinken sollen!«

»Bei einer Weinprobe, so wie dieser Baumeister?«

»Ich meine zwischendurch.«

»Dafür ist es jetzt zu spät.«

»Magst du?« Jo hielt ihm einen Blister mit Aspirin wie Kaugummi hin.

Walde drückte sich zwei Tabletten heraus und spülte sie mit einem Rest abgestandenem Mineralwasser hinunter. Dann schleppte er sich, seinen Schreibtischstuhl hinter sich herziehend, zum Fenster zurück.

»Was habt ihr anschließend noch gemacht, du und Anne?«, fragte Jo.

»Hanne«, verbesserte Walde. »Wir sind zum Hotel, also zur Bar.«

»Du weißt, wie gern ich Doris habe.« Jo schaute ihm eine Weile in die Augen und legte wie zum Trost eine Hand auf Waldes Oberarm. »Bei der hätte ich vielleicht auch meinen inneren Schweinehund von der Leine gelassen.«

»Wie meinst du das?«

»Vielleicht hätte sich mein innerer Schweinehund auch losgerissen. Bei so einer Frau hält auch die beste Kette nicht.«

»Ich habe meinem inneren Schweinehund weder Auslauf gegeben, noch hat er sich losgerissen.«

»Spürst du denn so was nicht?«

»Was?«

»Ein schlechtes Gewissen, Doris gegenüber?«

»Das brauche ich nicht zu haben«, sagte Walde.

Er grübelte. Da war die Bar, der Wein, die Bruderschaft. Gabi und Salvo waren gegangen, Siggi Baumeister und Erich Van Veeteren hatten ihre Partie beendet … oder waren sie noch zu dem Zeitpunkt anwesend, als er mit Hanne …

»Was guckst du denn so?«, fragte Jo.

»Wie guck ich denn?«

»Ich seh doch, wenn du lügst.«

»Ich weiß wirklich nicht mehr so genau, was war.«

»Hat er sich jetzt losgerissen oder hast du ihm Auslauf gegeben?«

»Wem?«

»Deinem Schweinehund.«

»Was machst du eigentlich hier?« Walde sah auf die Uhr.

»Luxemburgtour, ich warte auf Monika.«

»Ihr duzt euch?«

»Eine Bruderschaft ist bei mir am nächsten Tag nicht vergessen. Wie spät ist es?«

Walde musste nochmals auf seine Uhr schauen. »Gleich halb neun. Vielleicht ist sie ja schon da.« Er wollte einfach nur beim Sterben allein sein.

»Ich schau mal nach.« Jo ließ die letzten zehn Zentimeter seines Baguettes auf dem Schreibtisch liegen. Walde verschränkte die Arme auf der Fensterbank und stützte die Stirn darauf.

Das Telefon läutete. Walde schreckte hoch.

»Ja?« Sein Mund war ausgetrocknet.

»Bist du auch schon da?« Gabis Stimme klang vorwurfsvoll.

»Ich bin schon …«, er schaute auf seine Armbanduhr und konnte es nicht glauben, zwanzig nach neun, »… schon länger da. Ich komme zu dir rüber.«

Er trank den Rest des Wassers und griff nach dem Baguette. Behutsam klappte er es auf und betrachtete die Scheiben von Tomaten, Gurken und Eiern auf gekochtem Schinken. Krümel fielen auf den Boden, als er das knusprige Brot anknabberte. Das Pochen in seinen Schläfen war einem Druck gewichen, als habe er zwei zu stark gespannte Kopfhörer darauf sitzen.

Grabbe war im Begriff, den Raum zu verlassen und blieb in der Tür stehen, als Walde eintrat. Gabi rauchte am offenen Fenster. Sie trug eine dicht anliegende Sonnenbrille, wie sie sie gewöhnlich in ihrem Cabrio trug.

»Was ist denn das?« Walde deutete auf den dicken Stapel Papier, den Grabbe unter dem Arm trug.

»Monika kann heute in einem Aufwasch mit dem Besuch bei der Luxemburger Polizei eine Bitte um Amtshilfe verknüpfen. Die Kollegen sollen alle Banken im Ländchen überprüfen, ob jemand am Dienstag etwas in einem Sachwertdepot hinterlegt hat.«

»Ist das nicht zu dünn? Müssen wir da nicht etwas konkreter werden?«, fragte Walde.

»Einen Namen haben wir leider nicht.« Grabbe klopfte auf den Packen Papier unter seinem Arm. »Aber die Phantomzeichnungen könnten weiterhelfen. Ich hab Kopien anfertigen lassen.«

»Ich weiß, dass es drüben viele Banken gibt, aber so viele?« Walde deutete auf den Stapel.

»Jedenfalls noch mehr, als du denkst«, sagte Gabi. »Und die Bahnhöfe, Autovermietungen, der Flughafen ... hab ich was vergessen?«

»Bootsverleiher?«, warf Grabbe ein.

»Dann sollten es auch die Fahrrad- und die Kanuverleiher entlang der Sauer sein«, sagte Gabi.

»Im Ernst.« Grabbe versuchte Gabis Gesichtsausdruck zu ergründen. »Jedenfalls suchen wir die Nadel im Mist..., äh, im Strohhaufen«, korrigierte er sich. »Versuchen wir, so viele Strohhalme umzudrehen wie nur möglich.« Damit war er zur Tür hinaus.

»War das Zeug in deinem Kopf nicht Heu?«, brummelte Gabi und fügte mit einem Blick auf das Baguette in Waldes Hand hinzu. »Das ist ja ekelhaft.«

»Was?« Walde schob sich eine Gurkenscheibe von der Unterlippe in den Mund.

»In aller Früh so was Widerliches zu essen.«

»Schmeckt der Glimmstängel?«, erkundigte sich Walde.

»Du hast doch vor ein paar Stunden noch selbst geraucht.«

»Wie bitte?«

»Tu doch nicht so«, regte sich Gabi auf. »Als du getanzt hast.«

»Ich, getanzt?«

»Auf dem Hocker in der Bar …«

»… ich?«

»Ja, du, mit nacktem Oberkörper, und deine Begleiterinnen haben dich mit Eiswürfeln eingerieben …«

» … wie sollte das funktionieren während ich oben auf dem Barhocker gestanden habe?«

»Nein, das war später auf dem Teppich.«

»Welchem Teppich?«

»Dem unter dem Tisch.«

Auf Gabis Schreibtisch klingelte das Telefon. Walde hob ab. Bevor er etwas sagen konnte, kam ihm jemand am anderen Ende zuvor: »Ciao Bella!«

»Hier ist höchstens der Bello.« Er stellte sich vor, wie Salvo mit diesem Gesäusel am Strand von Sizilien nordeuropäische Touristinnen einwickelte.

»Vaffanculo.« Es wurde aufgelegt.

»Wer war dran?«

»Falls es keine Parodie auf einen Papagallo …«

»… Salvo?«, fragte Gabi.

»Wie viele Italiener hast du denn letzte Nacht kennen gelernt?«

»Ich dachte, ich hätte ihm meine Privatnummer gegeben.«

»Wann und wo?«

»Das geht dich gar nichts an.«

Waldes Nase lief. Auf der Suche nach einem Taschentuch fasste er in sein Jackett und ertastete einen Zettel. Es war ein weißer Parkschein, den er zerknüllte und in hohem Bogen in Richtung Papierkorb warf – daneben. Seufzend bückte er sich danach und entdeckte handgeschriebene Buchstaben darauf. Er faltete den Zettel auseinander und las: ‚Ohne Blutvergießen geschieht keine Vergebung.'

Wie kam dieser Zettel in seine Jackentasche?

»Ist dir schlecht?«

»Warum?«

»Du siehst so grau aus.«

Er reichte ihr den Zettel.

»Hört sich nach Altem Testament an.« Gabi setzte sich an ihren Rechner.

»Moment.« Ihre langen Fingernägel hackten wie Raubvogelschnäbel auf die Tastatur. »Nein, es ist aus dem Neuen.« Sie griff nach ihrer Zigarette, die im Aschenbecher lag. »Das ist aus dem Paulus-Brief an die Hebräer, 9, 22.« Beim Vorlesen blies sie ihm Rauch entgegen.

»Mist, die hing letzte Nacht draußen.« Walde erinnerte sich, dass er die Jacke am Morgen hereingeholt hatte.

»Ich muss nach Hause!«

Gabi hatte sich mit dem Hinweis auf Waldes Restalkohol angeboten, ihn zu fahren.

»Jetzt weiß ich, wie sich Grabbe fühlt«, sagte Walde, als Gabi die Kurve in die Bruchhausenstraße zu schnell nahm. »Wie sieht es eigentlich mit deinen Promillewerten aus?«

»Keine Bange, alles im grünen Bereich.« Sie überholte einen Lieferwagen, scherte knapp vor ihm ein, um in die Franz-Ludwig-Straße abzubiegen. Hinter ihnen hupte es. Gabi ließ die Seitenscheibe herunter.

»Lass es, bitte«, flehte Walde.

Gabis ausgestreckter Mittelfinger zog sich wieder zurück.

»Was hat es mit dem Bibelspruch auf dem Zettel auf sich?« Sie langte in die Handtasche, die sie Walde auf den Schoß gestellt hatte. Statt mit der befürchteten Zigarettenschachtel kam ihre Hand mit einem Lippenstift heraus.

»Ich fürchte, dieser Veit hat mir den Zettel in die Tasche gesteckt.«

»Wie bitte?«

»Er war in der Nacht an meiner Haustür.«

»Und da hat er …«

»… nein, er muss auch noch im Garten gewesen sein.«

»Das wird ja immer besser.« Gabi hielt vor Waldes Haus. »Hast du ihn festgenommen?«

»Nein.«

»Wie konnte er fliehen?«

»Ehrlich gesagt bin ich froh, dass ich ihm entkommen bin.«

»Hast du Verstärkung gerufen?«

»Nein, ich hab's … irgendwie hab ich es vergessen.«

Gabi klappte den Spiegel an ihrer Sonnenblende auf und zog sich die Lippen nach.

Während Walde klingelte, blieb Gabi im Auto zurück. Niemand öffnete. Diesmal fand er auf Anhieb das Schlüsselloch, lief durch alle Räume. Die Küche war aufgeräumt, kein Geschirr stand auf der Spüle. Die Betten waren gemacht. Jetzt fiel ihm ein, dass er letzte Nacht vorsichtshalber den Putzeimer neben das Sofa gestellt hatte, falls ihm übel werden sollte. Doris hatte ihn weggeräumt. Die Terrassentür war geschlossen. Walde sah sich im Garten um. Die Sirene eines Krankenwagens drängte kurzfristig das Rauschen des Verkehrs in den Hintergrund. Die Mauern ringsum waren nicht ganz so hoch wie die um die Kurie des Domkapitulars. Dennoch waren sie Walde bisher unüberwindlich erschienen.

Er nahm sein Mobiltelefon heraus. Es läutete, bevor er Doris' Nummer eingeben konnte. Es war Gabi. »Ich muss rüber zu Walter.«

»Warte, ich komme mit.«

Als er aus dem Haus trat, stand Gabi auf dem Bürgersteig und zog mit der einen Hand ihren Rock vorn und hinten Richtung Knie, mit der anderen presste sie ihr Handy ans Ohr und flüsterte in breitem Slang: »Du Böser, du hast, du weißt schon bei was, Livia zu mir gesagt.«

Sie hörte einen Moment zu und lachte dann auf eine Weise, die Walde bisher unbekannt war. »Schlaf dich aus, damit du wieder zu Kräften kommst.« Während sie mit den Lippen schmatzte, bemerkte sie Walde. »Gehen wir.« Sie ließ das Gerät in ihre Handtasche fallen.

»Wohin?«, fragte Walde.

»Zu Walter.«

»Dr. Hoffmann? Ich dachte, der redet seit der Razzia nicht mehr mit uns.«

»Vielleicht nicht mit dir!«

»Ich hatte mit der Razzia nichts zu tun.«

»Ja, ja, Männer können auch nie Verantwortung übernehmen, wenn sie Scheiße gebaut haben!« Sie stakste über einen niedrigen Zaun, der am Rande der Allee ein Blumenbeet einfasste. Ihre Stöckelabsätze versanken im Rindenmulch. »Walter hat ein anderes Problem.«

»Und das wäre?« Walde achtete darauf, seine Füße neben die Blumen zu setzen.

»Die Leiche des Gärtners ist weg!«

»Ist das nicht Roberts Maschine?« Walde deutete vor dem Haupteingang des Krankenhauses auf das am Rand des Wendekreises geparkte Motorrad.

»Das hat er Hanne geliehen, und die ist mit Kay unterwegs«, sagte Gabi.

»Ich dachte, die sind heute alle nach Luxemburg.«

»Kriminalisten sind immer für eine Überraschung gut. Salvo ist auch im Bett geblieben.«

Im Krankenhaus roch es nach Essen und Putzmitteln. Walde blieb hinter Gabi zurück.

»Was ist los«, rief sie, »noch schlapp von der Nacht?«

Die auf den orangefarbenen Sitzschalen im Foyer Wartenden reckten die Köpfe nach ihnen. Vor dem Fahrstuhl schloss Walde wieder zu Gabi auf. In der Kabine waren sie allein.

»Kann es sein, dass du einen Filmriss hattest?«, fragte sie und drückte den Knopf zum Untergeschoss.

»Ich weiß nicht. Das mit dem Veit ist mir ja auch wieder eingefallen.«

Der Fahrstuhl setzte sich nach oben in Bewegung.

»Dann weißt du womöglich nicht mal, was mit dir und Hanne war?«

Walde hob die Schultern.

»Weißt du es nicht oder willst du es nicht sagen?«

Der Fahrstuhl hielt im fünften Stock. Die Tür glitt auf. Niemand stand davor. Es ging wieder abwärts.

»Ich denke, da war nichts«, sagte Walde.

Gabi drückte abermals auf den Knopf zum Untergeschoss. »Die Hanne soll es nicht mit Männern haben.«

»Soll ich mich jetzt auf die sexuelle Orientierung einer Romanfigur verlassen? Vielleicht hatte Hanne schon was mit einem Mann, und das Buch ist nur noch nicht ins Deutsche übersetzt.«

»Ruf in Norwegen bei der Anne Holt an!«

»Spinnst du?«

Sie verließen den Fahrstuhl. Im rundum gefliesten Kellerflur roch es nur noch nach Putzmitteln.

»Bevor du nicht das Ergebnis eines Aidstests hast, ist höchstens noch an Safersex mit Doris zu denken.«

Walde nahm sein Mobiltelefon heraus.

»Wen rufst du an?«, fragte Gabi.

»Doris.«

»Willst du ihr jetzt am Telefon deinen Ehebruch beichten?«

»Wir sind nicht verheiratet ...« Er bekam keine Verbindung.

Walde folgte Gabi in die Pathologie, wo sich Dr. Walter Hoffmann bereits in Rage geredet hatte.

»... die stellen unser Haus auf den Kopf und fahren die Leiche durch die Gegend, und euer amerikafreundlicher Präsident deckt diese Sauerei auch noch.«

Die Tür schwang auf. Hanne Wilhelmsen und Kay Scarpetta, beide in grüner Arbeitskleidung, über der ihre Namensschilder baumelten, schoben eine Bahre herein, auf der eine zugedeckte Person lag.

Kay stellte ihren Laptop auf einen Stahltisch und klappte ihn auf. Während er hochfuhr, wendete sie sich wieder der Bahre zu und verfrachtete mit Hannes Hilfe die Leiche ins Kühlfach.

»Das war ein gut gebauter Mann«, stellte Hanne fest.

Walde unterdrückte ein Stöhnen, als Gabi ihm einen diskreten Tritt gegen das Schienbein versetzte.

»Eine tolle Klinik haben Sie hier«, sagte Kay, zu Hoffmann gewandt, der mit über der Brust verschränkten Armen dastand und keinerlei Regung zeigte. »Herr Dr. Hoffmann, darf ich Sie beim Vornamen nennen?«

Hoffmann reagierte nicht.

»Ich wette, Kay hat den halben Reisekoffer voll Klopapier. Die Amis glauben, wir Europäer leben noch im Mittelalter«, flüsterte Gabi Walde zu.

»Kommen Sie bitte näher«, sagte Kay und zeigte auf den Rechner, wo sich ein Bild aufbaute. Walde sah einen Kopf, im Profil aufgenommen.

»Ich habe eine virtuelle Autopsie vorgenommen«, sagte Kay. »Dazu habe ich erst einmal alle Wunden des Opfers mit einem 3-D-Scanner abgetastet und gespeichert, dann haben wir den Leichnam in den Kernspintomograph geschoben.« Sie zeigte weitere Aufnahmen.

»Bei diesem Fall werden die Grenzen der klassischen Autopsie besonders deutlich.« Sie legte eine kleine Pause ein. »Es ist klar zu erkennen, dass der Schlag oberhalb des Ohrs augenblicklich zu einer Ohnmacht geführt hat. Bis bei der geringen Fallhöhe eine solche Wucht hätte erreicht werden können, wäre der Gärtner am Boden angelangt gewesen. Dem stehen auch weitere Knochenbrüche und Prellungen entgegen, die darauf hindeuten, dass der Mann keinerlei Muskeltonus aufwies und sich widerstandslos mit den Extremitäten in den Sprossen verhakte, wofür auch die Art der Brüche spricht. Können Sie mir folgen?«

Bis auf den Pathologen, der weiterhin mit verschränkten Armen dastand, nickten alle.

»Form und Material der Tatwaffe hingegen stimmen weitgehend mit dem der Leitersprossen überein. Es handelt sich um einen runden, leicht flexiblen Gegenstand.« Sie lächelte. »Bei uns in Amerika würde man auf einen Baseballschläger tippen, aber hier liegt es näher, auf den Stiel eines Werkzeugs zu schließen. Davon sind in dem Schuppen reichlich vorhanden.«

Während Gabi per Telefon die Technik beauftragte, das Werkzeug im Geräteschuppen der Kurie nochmals zu untersuchen, kam Hanne Wilhelmsen auf Walde zu.

»Bist du gut nach Hause gekommen?« Sie lächelte ihn unbefangen an.

So blau wie ihre Augen stellte sich Walde einen kalten norwegischen See vor.

»J …«, Walde musste sich räuspern, »ja, klar.«

»Du hattest einiges getrunken.«

»Stimmt.« Er beobachtete, wie sie sich das Haar nach hinten strich und die obersten Knöpfe des grünen Kittels öffnete. Die Haut am Hals war so weiß, als hätte sie noch nie einen Sonnenstrahl gespürt.

Walde seufzte erleichtert. Er konnte sich nicht an ihre Haut erinnern. Oder? Seine Unsicherheit kehrte zurück. Hatte er auch das vergessen?

»Was ist?«, fragte sie.

»Du hast gar keinen …?« Er versuchte es mit Pantomime und rieb sich mit den Fingerspitzen die Schläfen.

Sie lachte. »Skandinavier sind hart im Nehmen, außerdem hat Kay heute Morgen zum Frühstück einen Spezialtrunk gemixt.«

Sie verhielt sich zu unbefangen dafür, dass sie heute Nacht etwas miteinander gehabt haben könnten.

»Sie kann was!« Hanne schaute zu Kay hinüber, die ihren Laptop in einer Tasche verstaute.

»Wir treffen uns heute Abend beim Italiener.« Hanne wandte sich wieder an Walde. »Kommst du mit?« Als könne sie seine Gedanken lesen, fügte sie hinzu: »Bring deine Frau mit.«

Walde bemerkte, dass Hoffmann gestikulierend auf Gabi einredete. Kay verschwand im Büro des Pathologen.

»Überleg es dir«, sagte Hanne und folgte der Amerikanerin.

»Wie heißt das Lokal?«

»Den Namen hab ich vergessen. Es ist nicht weit vom Karl-Marx-Haus.«

Als die beiden hinausgegangen waren, hörte Walde Gabi sagen: »Ich weiß auch nicht, was in den Präsidenten gefahren ist.«

»Die zieht hier mit einer Leiche durchs Haus und brüskiert die Kollegen, abgesehen davon, dass erhebliche Kosten entstanden sind. Darüber soll der Stiermann sich auch mal Gedanken machen. Und dann will sie mich auch noch mit dem Vornamen anreden. In den Staaten redet jeder jeden mit Vornamen an, weil die Nähe nicht bis zum Nachnamen reicht.«

»Walter, das musst du mir ein andermal erklären, wir müssen weiter.« Gabi drückte ihm die Hand. Walde reichte ihm ebenfalls die Hand und war überrascht, zum ersten Mal vom sonst so unterkühlten Pathologen einen warmen Händedruck zu spüren.

Sie fuhren nach oben. In den Schalensitzen vor der Ambulanz warteten immer noch viele Leute. Walde nahm sein Mobiltelefon heraus. Endlich erreichte er Doris und schilderte ihr die Situation mit Veit. Er blieb am Wendekreis vor den automatischen Glastüren stehen, weil Gabi einen dort im Bademantel stehenden Patienten um Feuer bat.

»Wenn du meinst, von diesem christlichen Taliban geht eine Bedrohung aus, dann lass das Haus überwachen«, sagte Doris. Im Hintergrund war das Klicken der Maus zu hören. Sie arbeitete offensichtlich während des Gesprächs weiter.

»Das ist nicht so einfach. Er muss nicht unbedingt von der Straße her gekommen sein.« Er atmete dankbar die frische Luft ein.

»Ich will keine Polizisten im Garten haben.« Doris' Stimme klang energisch.

»Ich bin auch Polizist!«

Walde hörte nur noch das Klicken der Maus.

»Bist du noch da?«

»Ich hab was zum Drucker geschickt«, antwortete sie. »Hier geht es drunter und drüber. Morgen wird die neue Dienstkleidung für die Busfahrer der Verkehrsbetriebe präsentiert.«

»Was hältst du davon, wenn wir solange Marie und Jo besuchen, bis dieser Veit gefasst ist?«

»Annika ist heute tagsüber bei Marie. Reden wir später noch mal drüber, ruf mich an.«

»Entschuldige, aber ich habe zugehört«, sagte Gabi, als Waldes Telefonat beendet war. »Wenn wir diesen Veit fassen wollen, dann solltest du mal was dafür tun.«

Hinter ihnen startete ein Motorrad. Als sie sich umblickten, sahen sie Kay, die sich den Helm über den Kopf stülpte und hinter Hanne auf die Maschine stieg. Als die Maschine an ihnen vorbeibrauste, winkte Gabi den Frauen zu.

»Eine schnuckelige Maus, das muss man dir lassen.«

»Da ist und da war nichts«, sagte Walde bestimmt. Ein Stich in seiner linken Schläfe ließ ihn für einen Moment die Augen schließen. Sein Mund war trocken.

Als sie die Allee überquert und am Wagen angekommen waren, sagte Walde: »Ich würde gern noch kurz in die Wohnung gehen und was trinken. Magst du auch einen Kaffee oder ein Wasser?«

»Hast du vielleicht einen Wein offen?«

In der Diele erwartete sie die Stille der Wohnung. Wochentags fühlte sich Walde hier ein wenig fehl am Platz. Heute hatte er noch keine Struktur in seine

Arbeit bringen können. Es wurde Zeit, ins Präsidium zurückzukehren.

Die Tür zur Küche stand offen.

»Möchtest du wirklich einen Wein?« Walde griff zur halbvollen Mineralwasserflasche.

»Nicht wirklich.«

»Einen Kaffee?«

»Dauert zu lange.«

Walde nahm zwei Gläser aus dem Hängeschrank. Im Unterschrank standen zwei Türflügel offen. Er drückte sie mit dem Knie zu. Als er das Wasser einschenkte, hörte er ein Quietschen, wie er es von der Terrassentür kannte. Er überlegte. Die Wohnungstür war abgesperrt gewesen. Er trank einen Schluck und sah, wie Gabi ebenfalls aufmerksam wurde.

Walde legte den Zeigefinger auf die Lippen und schlich auf Zehenspitzen in die Diele. Er spähte ins Wohnzimmer und sah offene Schranktüren.

Das Knacken von Gabis Handtaschenverschluss hallte in seinen aufs äußerste sensibilisierten Ohren. Mit dem Fuß stieß er die Tür weiter auf und stürzte nach vorn. Das Zimmer war leer. Gabi lief zum Fenster.

»Scheiße!« Sie hastete zur offenen Terrassentür. »Stehen bleiben, sonst …« Sie entsicherte die Waffe.

An der Gartenmauer bewegten sich die Äste der Blutbuche wild durcheinander.

Walde spurtete an Gabi vorbei auf die Terrasse.

»Halt, sonst schieße ich!«, schrie Gabi.

Er erreichte den Rasen, lief im Slalom zwischen Liegestuhl und Planschbecken hindurch. Vorne fassten große Hände auf die Mauerkrone. Lange Arme und ein kahler

Kopf folgten. Unter Waldes Fuß quietschte es. Sein rechtes Bein knickte weg, als wäre es auf Glatteis geraten. Er fiel seitlich hin und schrie auf, als sich etwas in seine Rippen bohrte. Im gleichen Moment fiel ein Schuss. Hatte ihn die Kugel getroffen, bevor er den Knall hören konnte? Walde hob den Kopf. Vorn kletterte jemand über die Mauer. Gabi stürzte an ihm vorbei, ohne sich um ihn zu kümmern.

»Bleib stehen!«

Von der anderen Mauerseite war ein Aufprall zu hören. Dann einen Moment nichts, außer dem Rauschen des Verkehrs, und dann Schritte.

Walde fuhr mit der Hand an die Stelle, die schmerzte und berührte etwas, das er ächzend unter seinem Oberkörper hervorzog. Es war Annikas Plastikrechen.

»Bist du bescheuert?« Das Luftholen tat ihm weh.

»Wo geht's da hin?«

»Du hättest mich treffen können!« Walde rollte sich mühsam auf den Rücken.

»Du hast auf dem Boden gelegen.«

»Und wenn ich nicht gestürzt wäre?«

»Einzelschicksale können nicht berücksichtigt werden.« Gabi streckte ihm eine Hand entgegen.

»Drehst du nun endgültig am Rad?« Walde kam wieder auf die Beine und klopfte Rasenschnitt aus der Kleidung.

»Ich hab einen Warnschuss abgegeben.«

»Wohin?«

»Natürlich in die Luft.«

»Ich würde mich nicht wundern, wenn hier die Kugel drinsteckt.« Walde schlug mit der flachen Hand an die Mauer, über die der Eindringling geflüchtet war.

»Was haben wir denn da?« Er fischte eine Mütze aus dem Geäst. »Veit hat seine Mütze verloren.«

»Wenn das tatsächlich Veit war, dann hätte ich doch gezielt schießen können«, sagte Gabi.

»Das ist doch nicht dein Ernst?«

Gabi verständigte über ihr Handy das Präsidium, dass die Fahndung nach Veit auf das Gebiet um die Franz-Ludwig-Straße konzentriert werden sollte. Als sie die Spurensicherung in Waldes Wohnung beordern wollte, wehrte dieser ab.

»Lass mal, das hat Zeit.«

»Aber«, protestierte sie. »Wie soll ...«

»Ich möchte erst mit Doris sprechen.« Er untersuchte die ausgehängte Terrassentür. »Die scheint gekippt gewesen zu sein. Da brauchte er nur zum Hebel durchzufassen.«

»Ganz schön leichtsinnig.«

»Aber guck doch mal die hohen Mauern.« Waldes Arm beschrieb einen weiten Bogen.

»Wie schnell man darüber ist, haben wir ja gesehen. Und beim Domkapitular waren sie ebenfalls kein Hindernis.«

»Fehlt was?«, fragte Gabi, als sie wieder in der Wohnung waren.

»Keine Ahnung, kann ich auf Anhieb nicht sagen, da müsste auch Doris mal nachsehen.« Walde schaute in die offen stehenden Schranktüren und schloss sie nacheinander. »Ich denke, er war noch nicht lange hier drin.«

»Was denkst du, was der gesucht hat?«

»Vielleicht den Andreas-Tragaltar.«

»Aber das war doch längst im Fernsehen und in der Zeitung, dass wir ... also die Polizei, den hat.«

»Er scheint weder einen Fernseher zu haben noch Zeitung zu lesen. Aber ich habe ihm, glaube ich, letzte Nacht erklärt, dass er den Andreas-Tragaltar nicht wieder haben kann.«

»Du hast wahrscheinlich so gelallt, dass er nichts verstanden hat.« Gabi maulte: »Wenn wir die Wohnung überwacht hätten, dann hätten wir den Kerl jetzt.«

*

Kaum hatte Walde hinter seinem Schreibtisch Platz genommen, klingelte das Telefon.

»Bundeskriminalamt Wiesbaden«, teilte ein Mann von der Telefonzentrale mit.

Bevor Walde fluchen konnte, war das Gespräch bereits durchgestellt.

»Heike Wolff, BKA, Herr Bock, kann ich Sie einen Moment sprechen?« Die Stimme klang nicht unsympathisch.

»Ja?«

»Ich rufe wegen der Geschichte in der Domschatzkammer an. Ich befasse mich mit Kunstdelikten.«

»Woher wissen Sie von dem Raub?«

»Erst mal aus der Presse … und … also bei mir läuft so ziemlich alles ein, was mit Kunstwerken ab einem gewissen Wert zu tun hat.«

»Und es hat Sie jemand um Hilfe gebeten?« Walde

überlegte, ob Stiermann hinter seinem Rücken die Kavallerie gerufen haben könnte.

»Wie meinen Sie das?«

»Ob Sie aus unserem Haus um Hilfe gebeten wurden.«

»So direkt nicht. Wollen Sie nicht wissen, was ich Ihnen zu sagen habe?«

»Natürlich will ich das, aber Sie wurden angerufen?«

»Haben Sie damit ein Problem? Ich dachte, ich kann Ihnen mit meinen Daten vielleicht ein wenig weiterhelfen.«

»War es ein Herr Stiermann?«

»Wie bitte?«

»Der Sie angerufen hat.«

»Nein. Warum? Ist das so wichtig?«

»Nein, ist es nicht.«

»Wollen Sie jetzt wissen, was ich Ihnen mitteilen möchte?«

»Natürlich.« Walde lehnte sich in seinem Stuhl zurück und versuchte, sich auf das Gespräch zu konzentrieren.

»Vor elf Monaten ist in Wien nachts ein Einbrecher über ein Baugerüst in den Raffaelsaal des Kunsthistorischen Museums gelangt. Es gab nur etwas Pappkarton und ein wenig Bauschaum zu überwinden. Die Baustelle ist die erste Parallele zu Trier, die zweite scheint mir zu sein, dass bei der Tatausführung ebenfalls Insiderkenntnisse eine wichtige Rolle spielten. Auch in Wien hat sich der Täter sehr genau ausgekannt.«

»Interessant!«

»Er hielt sich in dem kleinen Winkel auf, der von der

Überwachungskamera nicht erfasst wurde. Die Alarmanlage wurde durch eine Bewegung kurz ausgelöst. Da keine zweite Bewegung registriert wurde, haben die Wachleute die Alarmanlage routinemäßig abgeschaltet. Das muss der Dieb gewusst haben. Er hat keine Minute gebraucht, um eines der wertvollsten Kleinodien der Kunstgeschichte, eine sieben Kilo schwere Salz-Pfeffer-Kredenz von Benvenuto Cellini aus dem Jahr 1543 zu stehlen …«

»… alle Achtung.«

»Aus 24-karätigem Gold, Elfenbein und Ebenholz, höchst delikat gefertigt.«

»Ist sie wieder aufgetaucht?«

»Nein.«

»Gibt es eine Spur?«

»Negativ.

»Hieß er vielleicht Adams?« Walde konnte nicht anders.

»Wer?«

»Der Sie angerufen hat.«

»Stimmt, ich dachte zuerst, es wollte jemand anonym …«

»Domkapitular Alfons Adams.« Walde sagte dies mehr zu sich selbst als zu seiner Gesprächspartnerin. »Könnte ich die Unterlagen von dem Fall haben?«

»Es ist nicht mein Fall, also ich war nicht vor Ort. Die Österreicher waren so freundlich, mir ein paar Einzelheiten mitzuteilen. Die kann ich Ihnen gerne weiterleiten. Ich könnte auch, wenn es sich einrichten lässt, nach Trier kommen.«

»Bloß nicht«, rutschte es Walde heraus. »Entschuldigen Sie, aber wir haben hier zurzeit alle Hände voll zu tun.«

»Haben Sie heute Ihren besonders charmanten Tag oder sind Sie immer so?« Die Dame schien genervt zu sein.

»Bitte verstehen Sie mich nicht falsch, ich hab mich vielleicht etwas unglücklich ausgedrückt.«

»Allerdings!« Damit war das Gespräch beendet.

Sekundenlang überlegte Walde, ob er zurückrufen und sich entschuldigen sollte.

Grabbe blickte nicht von seinem Laptop auf, als Gabi und Walde in sein Büro traten. »Er ist bis zur Rindertanzstraße gekommen.«

»Ist er verletzt?«, fragte Walde.

»Ich denke nicht, nur mit dem Esel haben wir Probleme.

»Mit welchem Esel?«

»Er hat einen Esel dabei, samt Karren. Harry kommt mit dem störrischen Biest nicht zurecht.«

»Was hat Harry mit dem Esel zu tun?«

»Er ist der Einzige, der was von Tieren versteht. Schließlich ist er auf einem Bauernhof aufgewachsen.«

»Die hatten bestimmt keine Eselzucht.« Gabi tippte eine Nummer in Grabbes Telefon ein.

»Hallo, Salvo …«

»Ja, mir auch …« Sie hörte zu und kicherte. »Ich auch, ja …«, wieder lachte sie. »Salvo, weswegen ich anrufe. Vielleicht kannst du uns bei einem Problem helfen. Bei euch da unten in Sizilien gibt es doch bestimmt noch Esel …«

Eskortiert von einem vorausfahrenden Polizeiwagen rollte der Eselskarren über die Kreuzung.

Walde und Gabi waren längst im Hof, als der Polizeiwagen im Schneckentempo mit Harry und einem kahlen Mann in brauner Kutte in den Hof einbogen.

»Bissen sneller, bissen sneller«, trieb Salvo vom Bock eines schmalen, mit Tuch bespannten Karrens ein Tier an der Deichsel an, das mit gesenktem Kopf in den Hof trabte. Sobald es zum Stehen kam, brüllte es, als hielte man ihm eine brennende Fackel an den Schwanz.

»Woher hat er dieses seltsame Kommando?«, fragte Walde.

»Von mir«, sagte Gabi. »Da der dämliche Esel kein Italienisch versteht, hat mich Salvo um ein deutsches Kommando gebeten. Ich kenn das aus dem Western ... Der sich den Wolf tanzt oder so.«

Harry stieg als Erster aus dem Wagen und half einer dunkel gekleideten Person in Handschellen heraus. Der Mann schwitzte und wedelte mit einem Papier in den Händen. Obwohl er groß und hager war und eine Kutte trug, war Walde überzeugt, dass es nicht Veit war.

»Werden hier Pilger wie Verbrecher behandelt? Das ist mein Pilgerpass. Selbst die Papiere für Willi führe ich mit. Ich verlange sofort einen Anwalt. Das wird Ihnen noch Leid tun.«

»Sie müssen entschuldigen«, sagte Walde. »Es handelt sich um eine Verwechslung.« Er beobachtete, wie Harry dem Mann die Handschellen öffnete.

»Sollte es sich bei Willi um den Esel handeln, dann kann er einen Eimer Wasser haben«, sagte Walde und schaute flüchtig auf das Schreiben mit den verschiedenen Stempeln.

»Der ist genauso wenig ein Esel, wie ich ein Verbrecher bin«, sagte der Mann in der Kutte. »Ich bezeichne einen Bullen ja auch nicht als Ochsen.«

»Vorsicht!«, zischte Harry.

»Bei Willi handelt es sich um ein Maultier. Wir sind bereits zusammen quer durch die ganze Eifel getrabt. Aber es ist noch ein weiter Weg bis nach Santiago di Compostela. Kaum eine Woche unterwegs, und schon wird man verhaftet. Das fängt ja gut an!«

Das Maultier hörte auf zu schreien und konzentrierte sich nun darauf, ausgiebig auf den Asphalt zu äpfeln.

»Sie wurden nicht verhaftet«, sagte Harry.

»Dann eben festgenommen.«

»Auch das nicht. Wir haben Sie zur Feststellung der Personalien ins Präsidium gebracht.«

»Ich werde bis Santiago drei EU-Länder bereisen, die dem Schengener Abkommen beigetreten ...«

»... es hat sich erledigt.«

»Was?«

»Sie sind es nicht!«

»Wer?«

»Sie sind nicht derjenige, den wir suchen.«

»Und warum wussten Sie das nicht gleich, nachdem Sie mich festgenommen haben oder wie auch immer Sie es nennen?«

»Sie waren leider zum falschen Zeitpunkt am falschen Ort«, sagte Walde. »Wir können Ihnen gerne einen Kaffee anbieten und einen Eimer Wasser für Fritz.«

Das Maultier lud zum Dank eine zweite Ladung Äpfel ab.

»Hat es dich nun auch gepackt?«, wandte sich Walde an Salvo, der seine Anzughose abklopfte.

»Was?«

»Das Jagdfieber.«

»Ich habe bei mir zu Hause genug am Hals«, Salvo richtete sich auf und rieb die Handflächen aneinander, »und absolut keine Lust, mich auch noch um eure Fälle zu kümmern.«

»Und wie gefällt dir die Stadt?«, versuchte Walde das Thema zu wechseln.

»Ihr habt hier wirklich guten Wein und gute Frauen«, er zwinkerte Gabi zu, »aber mieses Essen. Hier wollte ich nicht arbeiten. Die ständige Gängelei durch den Questore …«

» … wen?«

»Deinen Chef, den Questore, die gingen mir auf den Geist.«

»Gibt es so was bei euch in Italien nicht?«

»Ich hab gestern Abend gehört, was euer Präsident über Kay gesagt hat. Dass er sie gerne in seinem Team hätte und so. Der quatscht wie ein Fußballpräsident.«

»Wie Berlusconi?«, fragte Gabi.

»Ja, Bella, so ähnlich.«

Grabbe legte den Telefonhörer auf, als Walde das Büro betrat. »Hoffentlich ist Monika bald wieder da.« Seine Finger wirbelten über die Tastatur. »Außer Presseanfragen zu beantworten, komme ich zu nichts mehr.«

»Haben die Fingerabdrücke von dem Lorbeerblatt aus der Kurie etwas ergeben?«, fragte Walde.

»Leider negativ, zumindest national. Die Abdrücke werden aber noch international abgeglichen. Das ist doch auch in deinem Sinne.« Ohne aufzublicken schrieb Grabbe weiter. »Ich denke da an internationale Kunsträuber. Wir kamen ja noch nicht dazu, uns auszutauschen.«

»Das sollten wir dringend tun.« Walde plagte sein schlechtes Gewissen. Er hatte die Situation nicht im Griff. Jeder wurstelte drauflos, und obendrein mischten sich noch die IPA-Leute ein. »Falls du es einrichten kannst, überleg dir mal, wie wir unsere Gästekollegen loswerden können.«

»Die Geister, die ich rief, wird ich nicht mehr los, mach ich, aber bitte eins nach dem anderen«, sagte Grabbe. »Dieser religiöse Fanatiker scheint mir nur ein Helfershelfer gewesen zu sein, aber wenigstens haben wir nun zwei von drei Exponaten …«

»… wie, zwei?«, fragte Walde.

»Das Nagelreliquiar mit dem heiligen Nagel ist wieder da.«

»Davon weiß ich ja gar nichts. Warum erfahre ich das erst jetzt?«

»Ich hab euch da unten nicht erreicht.«

»Dann hättest du einfach ein Fenster öffnen und herunterrufen sollen.«

Grabbe kratzte sich am Kopf. »Darauf bin ich, ehrlich gesagt, nicht gekommen. Ich kann nicht alles gleichzeitig. Wenn nur Monika bald aus Luxemburg zurückkäme.«

»Woher stammt der Fund?«

»Hatte der Typ in der Tasche. So wie andere ein Feuerzeug oder Taschenmesser …«

»Wer bitteschön hatte was?«

»Der Mann ist vor zehn Minuten von der Schupo gebracht worden, als ihr den Esel im Hof versorgt habt. Ich kann wirklich nicht gleichzeitig ...«

»... ist ja gut.« Walde spürte, wie schlechte Laune bei ihm aufkam. »Wo ist er?«

Während Grabbe ein Telefongespräch entgegennahm, deutete er mit dem Zeigefinger zum Boden.

»Keine zehn Minuten mehr und er hätte einen Zellenkoller gekriegt und alles kurz und klein gehauen.« Der Polizist im Gang des Zellentraktes trat von der Tür zurück und ließ Walde einen Blick durch den Türspion werfen.

Obwohl die Gestalt, die vornübergebeugt an der Wand unterhalb eines Luftschachtes lehnte, ihm den Rücken zukehrte, erkannte Walde ihn sofort. Als die Zellentür aufgeschlossen wurde, drehte sich Veit um und schaute auf die geöffnete Tür wie Moses, als er das verheißene Land erblickte. Einer der beiden Polizisten, die Walde begleiteten, legte Veit Handschellen an, während der andere in der Tür stehen blieb. Veit leistete keinen Widerstand. Er schien kurzatmig zu sein.

Walde fragte sich, was es in der nur mit einer Pritsche und einem stabil wirkenden Abort ausgestatteten Zelle zu zerstören gab.

Veit schien ihn nicht zu erkennen, als er an Walde vorbei aus der Zelle geführt wurde. Erst als er bemerkte, dass es in Richtung Fahrstuhl ging, richtete er sich zu seiner vollen Größe auf, zog die zusammengeketteten Hände vor die Brust und spannte die Schulterblätter.

»Gerd, hilfst du mal?«, forderte der Polizist seinen Kollegen auf, als sich die Fahrstuhltür öffnete.

Veit wich zur Seite aus, beugte die Knie und verlagerte sein Gewicht nach hinten, als ob er sich im Fußboden verwurzeln wollte.

Für einen Moment wünschte sich Walde nach Hause in sein Musikzimmer oder in den Garten zu Doris und Annika.

Vor ihm scharrten Füße auf den Fliesen. Die beiden Polizisten hatten Veit links und rechts unter den Achseln gepackt. Veit setzte einen Fuß gegen die Wand und stieß sich mit solcher Wucht nach hinten ab, dass die drei Männer zurückgeschleudert wurden.

»Wir nehmen die Treppe«, sagte Walde. Vor ihm ging das Gerangel weiter. »Wir nehmen die Treppe!«, wiederholte er lauter.

Veit entspannte sich, sobald ihn die beiden losließen. Walde führte ihn zur Treppe. Einer der Polizisten begleitete ihn bis zum Vernehmungszimmer in der ersten Etage, wo ihn Harry und Gabi erwarteten.

Ohne ihm die Handschellen abzunehmen, ließ Walde den Mann am Tisch Platz nehmen, auf dem ein Mikrofon stand.

Nach einem kurzen Blickkontakt mit Gabi verließ Harry den Raum. Als Gabi das Aufzeichnungsgerät gestartet hatte, stellte Walde sich und seine Kollegin vor und klärte den Mann über seine Rechte auf.

»Möchten Sie einen Anwalt sprechen?«

Veit schüttelte stumm den Kopf. An seinen hohen Schuhen fehlten die Schnürsenkel, sein Hemd war verdreckt und an der Brusttasche eingerissen.

»Erst mal zu Ihren Personalien, Name, Vorname …«

Wieder schüttelte Veit den Kopf.

»Du möchtest die Aussage verweigern, Freundchen?«, hob Gabi an. »Dann gehst du sofort in den Bau. Schwerer Raub, Freiheitsberaubung, Körperverletzung, Erpressung, Einbruch ...« Sie legte bei jedem der aufgezählten Delikte ihren ausgestreckten Zeigefinger wie eine Pistole auf Veit an. »Da kannst du von Glück reden, wenn es nach sechs Monaten Untersuchungshaft zum Prozess kommt, und ich kann dir sagen ...«

»... Gabi, kann ich dich einen Moment allein sprechen?«, unterbrach Walde die Tirade seiner Kollegin. »Auf dem Flur, bitte.«

*

Erst weit hinter dem Restaurant fand Walde einen Parkplatz und musste zu Fuß durch die Einbahnstraße zurückgehen. Die alte Eingangstür der Trattoria Palermo blieb hinter ihm offen, sodass er wieder umkehren und sie schließen musste. Der schlauchartige, schwach beleuchtete Raum vermittelte eine gewisse Höhlenatmosphäre. Obwohl Walde über eine Stunde zu spät kam, schien noch keine richtige Stimmung unter den Gästen aufgekommen zu sein. Ein leises Summen der Gespräche von den Nachbartischen untermalte die italienische Schlagermusik.

Am Ende des Raums, da, wo eine kleine Theke für noch mehr Enge sorgte, saß Salvo allein an einem Tisch und zeigte den übrigen Gästen demonstrativ den Rücken. Walde blieb am Nebentisch stehen und begrüßte Erich, der sein Besteck aus der Hand legte und ihm mit einem Glas Rotwein zuprostete. Siggi kaute konzentriert. Zwischen Tellern und Gläsern war der Tisch mit Papieren und Faxen belagert, die durch Aschenbecher und Pfeifen am Zusammenrollen gehindert wurden.

Walde nahm am nächsten Tisch auf dem freien Stuhl neben Gabi Platz. Auf den gegenüberliegenden Plätzen unterbrachen Hanne und Kay nur für einen kurzen Handschlag ihr Gespräch, von dem Walde kein Wort verstand. Dafür sorgte die Stimme von Eros Ramazotti aus dem Lautsprecher, der genau über Salvos Kopf hing. Der drehte ihnen weiterhin den Rücken zu. Walde bemerkte, dass sich Salvos Ellenbogen gleichmäßig bewegten.

»Was ist mit ihm los?«, fragte Walde und blickte Gabi an, die immer noch beleidigt zu sein schien.

»Mit geräuchertem Seeteufel und San Daniele-Schinken möchte Salvo lieber allein sein. Hat er noch was gesagt?«, fragte Gabi.

»Wer?«

»Wer schon, unser Waldschrat, der Einsiedler, Veit!«

»Ja«, antwortete Walde. Er wollte im Beisein von Kay und Hanne nicht über die Arbeit sprechen und dämpfte seine Stimme. »Nachdem der Streetworker gekommen ist, hat Veit kapiert, in welcher Situation er sich befunden hat.«

»Was heißt befunden hat?«

Eine Bedienung servierte Hanne und Kay zwei Salate und stellte eine Portion Spaghetti vor Gabi ab.

»Die hattest du ihm bereits mit überdeutlichen Worten geschildert.«

»Was war daran so schlecht?«

»Wir wollen doch jetzt nicht wieder davon anfangen.« Walde sah verstohlen zu Hanne, die seinen Blick nicht zu bemerken schien. »Dir als angeblichem Amnesty-Mitglied muss ich doch nichts von angemessener Behandlung von Tatverdächtigen erklären.« Nebenan wurde ein weiterer dampfender Teller vor Salvo abgestellt. »Er hat den Andreas-Tragaltar in einer Höhle im Busental gefunden.«

»Klar, gefunden.« Gabi sog schmatzend eine störrische Nudel in den Mund. »Und der heilige Nagel wurde ihm in den Hut geworfen.«

»Der lag oben auf der Sandale des Andreas im Tragaltar, wenn sie denn tatsächlich vom Heiligen Andreas stammt.«

»Wie praktisch.«

Die Bedienung brachte Walde eine Karte. Er bestellte sich nach einem Blick auf die Gläser mit Rotwein einen Espresso.

»Auf dem Nagel wurde ein Fingerabdruck gefunden«, sagte Walde. »Der ist sicher nicht mehr von dem Römer erhalten geblieben, der Jesus ans Kreuz geschlagen hat, und auch nicht von Helena, die ihn mit dem Heiligen Rock und anderen Reliquien nach Trier gebracht haben soll.«

»Also von Veit.«

»Veit hat zufällig beobachtet, wie die Beute in einer Höhle im Busental versteckt wurde«, fuhr Walde fort. »Dann hat er geglaubt, seine Gebete seien erhört worden und hat den ganzen Kram mit in seine Hütte genommen.«

»Was sagt der Staatsanwalt?« Gabis Worte gingen im Mahlgeräusch der Kaffeemaschine unter. Salvo bekam eine riesige Portion serviert, die für mindestens zwei Personen gereicht hätte.

»Hast du gesehen?« Walde deutete diskret mit den Augen zum Nachbartisch.

»Mit Moscardini, das sind kleine Tintenfische, und Zucchini-Estragon-Cannelloni«, las Gabi aus der Speisekarte, »möchte Salvo ebenfalls am liebsten allein sein. Und, was sagt der Staatsanwalt?«

»Staatsanwalt?«

Gabi ließ eine besonders hartnäckige Spaghetti auf den Teller zurückfallen. »Staatsanwalt, Haftrichter, schon mal davon gehört?«

»War nicht nötig.«

»Wie bitte?« Sie ließ ihre Gabel so laut auf den Tellerrand fallen, dass sich Salvo mit prall gefüllten Backen nach ihr umdrehte.

»Ich hab ihn unter Auflagen auf freien Fuß gesetzt.«

»Du hast was?«

»Es gab keinen Grund, ihn festzuhalten. Die Beute ist gesichert, er hat alles zu Protokoll gegeben, was er wusste. Er hat uns zu dem Fundort im Busental geführt, wo wir die Kutte sicherstellen konnten, in die der Andreas-Tragaltar gewickelt war. Veit muss sich alle zwei Tage melden und darf die Stadt nicht verlassen.«

»Geht die Hütte als fester Wohnsitz durch, und was ist mit dem Einbruch in eure Wohnung?«

Walde bekam den Espresso serviert. Er schüttelte das

Tütchen mit dem Zucker auf, bevor er es aufriss und in den Kaffee gab.

»Wurdest du nicht von diesem Veit vor deiner eigenen Haustür attackiert?«

Walde überprüfte mit dem Löffelchen, ob sich der Zucker beim Rühren aufgelöst hatte.

»Was ist mit dieser Drohung, dem Bibelzitat?«

Er bestellte eine Pizza, obwohl er nichts essen wollte, und dazu einen Rosé.

»Die Tür ist aufgehebelt worden.« Gabi fuhr hart mit der Gabel in die Nudeln.

»Sie war auf Kippe gestellt«, sagte Walde. »Gelegenheit macht Diebe.«

»Wenn Doris und Annika zu Hause gewesen wären, wer weiß, was hätte passieren können. Ich verstehe dich nicht.« Gabi schüttelte den Kopf.

Der Rotwein wurde serviert. Erst nachdem er getrunken hatte, erinnerte sich Walde, Rosé bestellt zu haben. Der Wein schmeckte ihm. Er trank das Glas leer und füllte es aus der Karaffe wieder nach. Ein Korb mit Brot wurde an Salvos Tisch gebracht.

»Habt ihr Krach?« Walde deutete hinüber, wo ein weiterer Teller vor Salvo landete.

»Er möchte sich beim Essen nicht unterhalten«, sagte Gabi mit zusammengebissenen Zähnen. »Besonders bei gegrilltem Wolfsbarsch-Filet«, sie schaute wieder in die Karte, »mit gebratenem Tomaten-Risotto und Safran-Gemüse. Ich verstehe euch Männer sowieso nicht mehr.«

»Was hätte es gebracht, wenn wir diesen Veit eingesperrt hätten? Der Mann ist durch irgendwas traumatisiert. Der kann sich nur in geschlossenen Räumen aufhalten, wenn es Fluchtwege gibt. Hätten wir ihn eingesperrt, wäre er spätestens in drei Tagen in der Psychiatrie gelandet.«

»Und so läuft er draußen rum und stellt weiß Gott was an.«

»Der war bisher ein vollkommen unbeschriebenes Blatt.«

»Aber du siehst doch, wie schnell sich so was ändern kann, zu was alles der Kerl in kürzester Zeit fähig war.«

Gabi nahm den Kampf mit den Spaghetti wieder auf. Eros' CD war zu Ende. Für einen Moment gewannen die Gespräche die Oberhand. Walde hörte, wie am Nebentisch Siggi Baumeister fragte, was Erich Van Veeteren am Nachmittag gemacht habe.

»Ich war in ein paar Antiquariaten«, sagte Erich.

»Und?«, Walde sah, wie Siggi grinste. »Wollte sich Wilsberg dein Auto leihen?«

Erich schaute ihn verständnislos an.

»Ist egal«, Siggi winkte ab. »Das Panzertape, mit dem die beiden in der Domschatzkammer gefesselt wurden, stammt aus einem der Baucontainer an der Athanasiuskapelle. Es lag nicht offen rum, sondern war weggeschlossen.«

»Das Labor sagt, es würde vielseitig angewendet werden: zum Verpacken, beim Heimwerken, beim Wassersport, beim Bau, sogar bei der Bundeswehr.«

»Meine Intuition, nenne es wie du willst, hat mich mal wieder gelenkt.« Siggi Baumeister zog ein verknittertes Stück Kunststoff aus der Brusttasche seiner ärmellosen Jacke. »Genau das gleiche Klebeband lag in der Baubude, und zwar in dem Container, aus dem auch der

Schlüssel gestohlen wurde, mit dem die Räuber aus der Athanasius-Kapelle in den Dom gelangt sind.«

»Das deutet darauf hin, dass hier Ortskenntnis vorhanden war«, sagte Erich Van Veeteren.

»Zumal der Schlüssel der Athanasiuskapelle in derselben Schublade unter den Plänen lag.«

»Hat dir das auch deine Intuition eingegeben?«, fragte Erich.

»Nein, da musste ich schon ein wenig nachhelfen und mich an Ort und Stelle um ...«

Bereits mit dem ersten Takt gewann Gianna Nannini die Herrschaft über die Akustik in der Trattoria.

Das darf doch nicht wahr sein, dachte Walde. Um alles zu erfahren, was die Gastkriminalisten ermittelten, müsste er sie jetzt auch noch zu den Dienstbesprechungen einladen. Und dann wüssten am Ende die anderen immer noch mehr als er, der die schlechtesten Englischkenntnisse von allen hatte. Wie kam das Labor dazu, Informationen an Siggi Baumeister weiterzugeben? Es wurde höchste Zeit, dass Walde diesem Spuk ein Ende bereitete.

Bei Salvo wurde der Nachtisch serviert. Walde vermutete, dass es sich um eine Creme mit Waffeln und Eis handelte. Es dauerte nicht lange, und Rauch stieg auf. Salvo lehnte sich im Stuhl zurück, während die leeren Teller abgeräumt und ein Grappa serviert wurde.

*

Kaum hatte Bernard sein Handy wieder eingeschaltet, klingelte es.

»Ja?« Er schaltete das Telefon nur noch ein, wenn er sich unter vielen Menschen auf öffentlichen Plätzen befand. Falls sein Komplize seine Nummer ausplaudern sollte, konnte er dort nur schwer geortet werden.

»Endlich erreiche ich dich.«

»Was ist?«

»Das fragst du mich? Ich wollte von dir hören, wie der Stand der Dinge ist.«

»Wie ich dir schon gesagt habe, braucht die Angelegenheit ihre Zeit.« Bernard schaute auf seine Uhr.

»Ich hab da ein Superangebot, kann eine Werkstatt zum Schnäppchenpreis übernehmen.«

»Dann mach's doch.«

»Aber der will sofort das Geld.«

»Dann leiste eine Anzahlung.«

»Geht nicht.«

»Warum nicht?«

»Ich hab nichts mehr.«

»Aber, wie ist das möglich?« Auf Bernards Uhr war eine Minute vergangen.

»Ich musste Schulden begleichen... ich brauch die zehntausend, dann lass ich dich auch in Ruhe, ehrlich, bis die ... also bis alles gelaufen ist.«

»Dafür benötige ich Zeit. Ich ruf dich zurück.«

»Bitte beeil dich, es pressiert.«

»Wo bist du zu erreichen?«

»Zuhaus, wie immer.«

»Hast du Urlaub?«

»Nee, ich hab beim Dom aufgehört, ich mach da nicht den Sklaven für diese Olivenfresser.«

»Es war vereinbart, dass du weiterarbeitest.«

»Weiß ich, aber es hat nicht hingehauen.«

Kurz bevor zwei Minuten vergangen waren, schaltete Bernard das Handy aus. Er seufzte. Dieser Volltrottel hatte von Anfang an alles falsch gemacht.

Auf dem Weg zum Hotel nahm er die Karte aus dem Telefon und warf sie wie ein Kaugummipapier in einen Abfallkorb. Er checkte aus dem Hotel aus. Den Leihwagen musste er noch einen Tag behalten, ebenso wie das dunkle Toupet, den Schurrbart und die Hornbrille.

*

Mit Hilfe der Kellnerin schoben sie zwei Tische zusammen.

»Hat es dir geschmeckt, Salvo?« fragte Gabi.

»Für eine norditalienische Küche war es ganz in Ordnung.« Salvo rauchte bereits die zweite Zigarette.

»Wir sind hier in der Trattoria Palermo«, sagte Gabi.

»Guck dir doch mal an, was für ein Unsinn hier an die Wände gemalt ist.« Salvo schwenkte die Hand mit der Zigarette in einem Bogen, wobei eine Rauchspur wie der

Kondensstreifen eines Flugzeugs in der Luft zurückblieb. »Das geht höchstens als Capri durch. Sollen sie doch gleich den Vesuv als einen der Hügel Roms ausgeben, und der Koch ist kulinarisch nie über den Po nach Süden vorgedrungen.«

»Ob hier früher mal Karl Marx gegessen hat?« Hannes Frage erntete Gelächter.

»Dann wäre er gewiss nicht mehr nach England ausgewandert, um sich und seine Jenny der dortigen Küche auszusetzen«, brummte Siggi und ließ den Rest Wasser in seinem Glas kreisen, als sei es feinster Malt Whisky.

Kay beugte sich über den Tisch zu Walde und fragte halblaut. »Wo kann man hier in der Stadt große Töpfe kaufen?«

Während Walde nachdachte, fügte sie hinzu: »So welche für große Sachen.«

»Wie groß?« Walde mühte sich, mit seinem stumpfen Messer ein Stück vom Rand seiner Pizza abzuschneiden. Kay machte eine Handbewegung, als wolle sie einen Ball umfassen.

Ihm kam ein böser Verdacht. »So groß wie ein Basketball?«

Sie nickte: »Das kommt hin.«

»Und was sagt Dr. Hoffmann dazu?« Die Frage rutschte Walde heraus. Er hoffte, dass sie in dem Kneipenlärm untergegangen war.

»Das muss ich noch mit ihm besprechen.«

Hatte sie tatsächlich vor, den Kopf des ermordeten Gärtners zu kochen, um die Knochen freizulegen? Walde hörte auf zu kauen und ließ die Hand mit der Gabel auf den Tisch sinken.

»Ich brauche auch einen Herd, möglichst einen Gasherd«, fuhr sie fort. »Hast du vielleicht einen bei dir zu Hause?«

Obwohl er sich dagegen wehrte, konnte Walde das Bild von Doris nicht loswerden, die ahnungslos in die Küche kam und in den großen Topf guckte ... Ohne Entschuldigung stand er auf und eilte zur Toilette, wo er den Inhalt seines Mundes ins Klo spuckte.

Auf dem Weg zurück ins Lokal versuchte er, Doris zu erreichen. Ihr Handy war abgestellt. Die Festnetznummer von Marie und Jo war besetzt. Als er zu seinem Tisch kam, war sein Teller abgeräumt. Ein Gläschen mit einer durchsichtigen Flüssigkeit stand neben seinem nachgefüllten Rotweinglas. Als Gabi ihr Glas hob und in die Runde prostete, nahm er einen winzigen Schluck. Es war Grappa.

»Wo sind Kay und Hanne?«, fragte Walde.

»Die sind schon gegangen.«

Freitag

Beim Aufwachen hatte Walde erneut Kopfschmerzen. Nach dem Duschen spürte er nur noch einen Druck hinter den Augen. Es war noch zu früh, um Doris anzurufen. Als er in der Nacht endlich die Trattoria verlassen hatte, war es für ein Telefonat zu spät gewesen.

Mit der Tageszeitung nahm Walde die Post vom Vortag aus dem Briefkasten. Neben dem Artikel über die neueste Entwicklung im Fall ‚Raub in der Domschatzkammer' war ein Kasten mit der Auflistung von spektakulären Kunstdiebstählen der letzten Jahrzehnte platziert. Während Walde sein Müsli löffelte, überflog er den Artikel. Es fehle bis heute jede Spur von Jan Vermeers 1990 in Boston geraubtem *‚Konzert'*, ebenso von Carl Spitzwegs *‚Armer Poet'*, der ein Jahr zuvor in Berlin verschwand. Wie es am Ende hieß, wurden achtzig Prozent dieser Verbrechen nicht aufgeklärt.

Der Tod des Gärtners war den Redakteuren keine Zeile mehr wert.

Walde blätterte über den Sport zum Kulturteil, wo die bevorstehende Premiere der Oper zu den Antikenfestspielen mit grellbunten Fotos der Generalprobe illustriert war. Bei den Familienanzeigen wurde Felix zum ersten Geburtstag gratuliert. Walde stutzte. Darunter stand in Großbuchstaben: *EGBERT, KOMM BITTE ZURÜCK!*

Walde rief Professor Adams in der Kurie an.

»Ja?«, meldete sich der Domkapitular, wie es Walde schien, in zögerlicher Erwartung.

»Waldemar Bock, guten Morgen, habe ich Sie geweckt?«

»Wir Katholiken müssen zwar nicht wie unsere moslemischen Brüder unsere ersten Gebete schon vor Sonnenaufgang sprechen, aber zeitiges Aufstehen ist auch bei den Jesuiten …«

»… haben Sie schon die Zeitung gelesen?« Walde hatte absolut keine Lust auf seichten Talk.

»Zeitung?«

»Die Tageszeitung von heute«, half Walde nach. »Ihre Anzeige ist drin.«

»Oh!«

Walde ging zur Terrassentür, an der Minka aufgerichtet stand und mit den Pfoten kratzte. Wenigstens versuchte der Domkapitular nicht zu leugnen. Walde schüttete Trockenfutter in den Napf neben der leeren Wasserschale.

»Hallo, Herr Bock? Sind Sie noch da?«

»Was wollen Sie mit der Anzeige bezwecken?«

»Ich möchte mit den Dieben in Kontakt treten. Bevor sie sich vielleicht zu einer unüberlegten Handlung … Sie wissen schon.« Als könnte allein schon die ausgesprochene Vermutung die befürchtete Reaktion auslösen, schwieg Adams.

»Sie meinen, nachdem wir den Andreas-Tragaltar und das Nagelreliquiar wiederbeschafft haben, könnte es zu einer Kurzschlusshandlung wie bei den gestohlenen Gemälden *‚Der Schrei'* und *‚Die Madonna'* kommen? Wissen Sie was?«

»Nein.«

»Die angeblich geheimen Informationen der Presse sollen von der norwegischen Polizei selbst stammen und dem Zweck dienen, die Munch-Diebe zu provozieren.« Walde gab Minka, die hastig ihr Futter verschlang, einen Klaps auf die Flanke.

»Sind Sie da sicher?«

»Nein.« Walde richtete sich auf.

»Gott pokert nicht! Ich möchte den Egbert-Codex unbeschadet zurückhaben. Deshalb habe ich diese Anzeige geschaltet. «

»Ich glaube, Einstein sagte: ‚Gott würfelt nicht'.« Walde kehrte an den Tisch zurück und faltete die Zeitung zusammen. Sein Gesprächspartner hatte aufgelegt.

*

Bevor Walde in seinem Büro die Mails abrief, ließ er sich im Hotel Kaiser Konstantin mit Kays Zimmer verbinden. »Hallo, Kay. Walde hier, ich hab dich hoffentlich nicht geweckt.« Ausgerechnet jetzt, dachte Walde, als Gabi ohne anzuklopfen hereinplatzte.

»Oh, hallo Walde, was gibt's?« Kays Stimme klang hellwach.

»Die Leiche des Gärtners ist freigegeben und bereits eingeäschert worden, tut mir Leid.«

»Oh, das ging aber schnell.« Keine Spur von Enttäuschung schwang in Kay Scarpettas Worten mit.

»Ich wollte dir das nur mitteilen, weil du gestern Abend angedeutet hast, du wolltest … also … du könntest dir noch weitere Untersuchungen vorstellen.«

»Entschuldige, aber ich bin mit etwas anderem beschäftigt. Mein Kollege Hoff…«

»… Hoffmann.«

»Hoffmann, richtig, er scheint ein tüchtiger Mann zu sein und wird wohl alles Nötige getan haben.«

»Okay, dann noch einen schönen Tag.« Walde legte auf.

»Was war denn das?« Gabi stand vor seinem Schreibtisch.

»Eine kleine Notlüge, um Kay loszuwerden. Nimm Platz!«

»Und Hanne Wilhelmsen gleich mit.«

»Quatsch.«

»Beeil dich, die Besprechung beginnt.«

Walde hatte bereits wieder den Hörer in der Hand: »Hallo, Herr Dr. Hoffmann, Bock hier. Also nur für den Fall, dass sich Ihre amerikanische Kollegin, Sie wissen schon, meldet. Die Leiche des Gärtners wurde bereits eingeäschert … zumindest für die Dame.«

Walde und Gabi eilten über den Flur. Grabbe kam ihnen aufgeregt entgegen. »Ich muss euch was erzählen.«

»Später, wir müssen zur Besprechung«, versuchte Walde abzuwiegeln.

»Ich auch, aber es wird euch interessieren.« Er schluckte. »Ich durfte die Teilnehmerliste des IPA-Treffens einsehen.« Grabbe machte eine Pause, um seine Worte wirken zu lassen. »Danach heißt Kay zwar tatsächlich Kay, aber mit Nachnamen Shoemaker. Nach dem Englisch-Studium promovierte sie 2001 an der Universität von Chicago über Edgar Allan Poes Spätwerk und die Wissenschaft seiner Zeit.«

»Genialer Autor und schlimmer Trinker, endete in der Gosse«, sagte Gabi und schaute zur offenen Tür des Konferenzraums, aus dem Stimmengewirr drang.

»Davon ist hier keine Rede.« Grabbe tippte auf den Ausdruck in seiner Hand. »Poe hat sich mit Phreno... Phrenologie beschäftigt. Diese vertritt die Anschauung, dass man aus der Schädelform des Menschen auf bestimmte geistig-seelische Veranlagungen schließen kann. Sie wird heute weitgehend als Pseudowissenschaft abgetan.«

»Kein Medizinstudium?«, fragte Gabi.

Grabbe schüttelte den Kopf. »Danach hat es Kay in Dallas bis zur Sprecherin eines einflussreichen Staatsanwalts gebracht.«

»Ist es nicht möglich, dass es noch eine andere Shoemaker gibt?«

»Kaum, sie hatte heute eine kurze, aber heftige Faxschlacht mit einem Herrn Schnackertz.«

»Was hatte sie?«

»Der Mann ist Amerikanistikprofessor und hat 1999 eine Untersuchung veröffentlicht zum Thema *‚Welche spekulative Möglichkeiten und literarische Phantasien eröffneten Poe seine schädelkundlichen Charakteranalysen'*.« Grabbe versuchte die aufgerollten Faxe zu glätten.

»Wie kommst du an ihre Faxe?«

»Sie hat sie weggeworfen. Siggi und Erich haben sie aus dem Müll gefischt.«

»Gibt es noch irgendwas, wo die zwei ihre Finger nicht drin haben?« Gabi überflog das erste Schreiben und gab es an Walde weiter.

»Wenn das stimmt, was der Professor hier behauptet, hat sie bei ihm abgepinnt. Das könnte für Kay eine Menge Ärger bedeuten.«

»Laut Schriftwechsel treffen sie sich morgen in München«, sagte Grabbe.

An den zu einem großen Karree zusammengeschobenen Tischen fanden nicht alle Platz. Fast die Hälfte der Anwesenden musste stehen, teils gegen die Wand gelehnt, teils hinter den Sitzenden. Die meisten hielten einen Becher mit Kaffee in der Hand.

»Was für das Auto das Benzin, ist für den Polizisten der Kaffee«, sagte Gabi zu Walde und fügte leise hinzu. »Neben dem Alkohol.«

Walde studierte das Blatt vor sich auf dem Tisch. Seine hastig gekritzelten Notizen ließen sich nur noch mit Hilfe seines Gedächtnisses entziffern. »Ich schlage vor, wir schalten mal für ein paar Minuten unsere Telefone aus, und Kollege Grabbe gibt uns einen Überblick über den Stand der Ermittlungen.«

»Kollege Grabbe«, äffte ihn Gabi kaum hörbar nach.

»Für die, die erst jetzt zur Soko gestoßen sind, möchte ich kurz den uns bekannten Tatverlauf skizzieren.« Grabbe zeichnete mit einem blauen Stift an einer Flipchart etwas an, das Walde zuerst für eine Schlange hielt.

»Das hier ist die Mosel.« Grabbe tauschte den Stift

gegen einen schwarzen von der Ablage, kritzelte oberhalb der Mosel ein paar Türme, die Walde unschwer als Dom identifizierte, und nach nochmaligem Stiftwechsel am unteren Rand der Karte ein paar grüne Baumpiktogramme und Bögen.

»Also.« Grabbe zeichnete unmittelbar neben dem Dom ein rotes Karree. »Hier, in der Domkurie, ist das Telefon von Domkapitular Professor Adams von einem Eindringling im Gartenhaus abgehört worden. Der Unbekannte wurde vom Gärtner gestört und hat ihn getötet.« Grabbe markierte mit quietschendem Stift ein Kreuz. »Wenige Stunden nach dem Tod des Gärtners wurde aus der Domschatzkammer der Egbert-Codex geraubt, zusammen mit einem Nagelreliquiar und dem Andreas-Tragaltar. Letztere wurden kurze Zeit später hier im Busental versteckt.« Grabbes Stift wanderte zu den Piktogrammen auf der anderen Seite der Mosel. »Die Sache im Dom lief hochprofessionell ab, wohingegen das Verstecken der Beute amateurhaft durchgeführt wurde, sodass sich ein im Wald hausender Obdachloser die Beute aneignen konnte …«

»… der Raub des Nagelreliquiars und Andreas-Tragaltars war nicht geplant.« Walde sah auf einmal klar. »Allein der Egbert-Codex war das Ziel des Überfalls in der Domschatzkammer. Die Aktion ist außer Kontrolle geraten. Einer der Täter hat sich spontan entschlossen, die beiden Kunstgegenstände mitzunehmen. Sein Komplize, den ich für den Anführer halte, konnte das nicht verhindern, hat aber seinen Kollegen dazu gedrängt, die Beute gleich nach dem Überfall zu verstecken.«

»Pech, dass er dabei beobachtet wurde«, sagte Gabi.

Walde nickte. »Die zwei sind kein Team.«

»Wie?«

»Man spricht sich doch vorher ab, bevor man solch einen Coup durchführt. Das scheint hier nicht der Fall gewesen zu sein, zumindest nicht, was die Eventualitäten betrifft.«

»Dafür spricht auch, dass die Fotografin zuerst brutal geknebelt und dann wieder von den Klebebändern befreit wurde«, sagte Grabbe.

Walde nickte. Er fühlte sich wie ein Kurzsichtiger in der Sixtinischen Kapelle, der zuvor an der Decke nur einen Mischmasch aus Farben erkennen konnte und nun zum ersten Mal ein Brille aufsetzt.

Die übereilte Präsentation des Andreas-Tragaltars war ein Fehler gewesen. Man hätte von diesem Veit erst einmal in Erfahrung bringen müssen, wo er die Beute gefunden hatte, um das Versteck zu überwachen und so womöglich an die Haupttäter heranzukommen.

Ein Telefon klingelte.

»Muss das sein?« Gabi verdrehte die Augen.

Das Telefon klingelte weiter, ohne dass jemand ranging.

»Könnte vielleicht jemand?« Gabi sah in die Runde. Einige Kollegen blickten sie grinsend an. Das Telefon klingelte immer noch. Als sie ihre Handtasche öffnete, wurde das Geräusch lauter.

»Salvo, ich ruf dich zurück … Was? …« Alle Augen waren auf sie gerichtet. »… Ja? … Ich weiß, dass die in der Telefonzentrale auf Zack sind. Weshalb rufst du an?« Während sie die Frage wiederholte, stand sie auf und ging zur Tür.

Grabbe fuhr fort. »So arbeitet kein eingespieltes Team.« Er sah Gabi hinterher. »Der eine arbeitete hochprofessionell, so wie er die Tat vorbereitete und ausführte, der andere hatte nicht einmal ein adäquates Versteck für die Beute.«

Während Grabbe sprach, kam Walde die Idee. »Die beiden haben sich wahrscheinlich erst vor kurzem in der *Gerüchteküche* am Hauptmarkt kennen gelernt. Die Theorie, dass einer der am Umbau der Athanasius-Kapelle Beteiligten angeworben wurde, ist zwar nicht bewiesen.«

»Wir haben sämtliche Leute gecheckt«, sagte Grabbe. »Die haben fast alle ein Alibi.«

»Fast alle?«

»Die drei, die keins haben, kommen nicht in Frage.«

»Warum?«

»Von Alter, Sprache und Statur.« Grabbe sah Waldes zweifelnden Blick. »Wirklich nicht!«

»Und die Phantomzeichnung?«

»Auch nichts.« Grabbe schüttelte den Kopf.

»Was ist mit der Kutte, in die der Andreas-Tragaltar eingehüllt war?«

»Die wird noch untersucht«, sagte ein Mann von der Technik mit auffälligen schwarzen Bügeln über den quadratischen Brillengläsern.

»Ist sie schon oder wird sie noch?«

»Wie ich gesagt habe. Sie wird untersucht.« Der Mann schaute grimmig. »Übrigens, das Werkzeug aus dem Schuppen in der Kurie haben wir am Tag des Leichenfundes mitgenommen ... der Präsident hat sich erkundigt ...« Er verdrehte die Augen. »... und nebenbei den gesamten Dom auf den Kopf gestellt, etliche Hotelzimmer, Pensionsräume.« Walde schien es, dass die Brille den schlechtgelaunten Eindruck des Mannes noch verstärkte. »Die Höhle und die Habseligkeiten eines Einsiedlers, oder wie sie die Person nennen wollen, die in die äußeren und inneren Geheimnisse wertvoller Reliquien vorgedrungen ist.«

»Ich wollte Ihre Arbeit in keiner Weise kritisieren.«

»Meine Leute und ich haben in den letzten Tagen nie unter sechzehn Stunden gearbeitet, und morgen steht uns ein weiterer dicker Brocken ins Haus.«

»Wieso?«, fragte Walde.

»Ich gehe davon aus, dass die Hundertschaft beim Durchkämmen des Busentals allen möglichen Mist finden wird.«

»Wer hat das ..?« Walde wurde von Gabi daran gehindert, die für ihn als Leiter der Soko peinliche Frage auszusprechen, wer die Hundertschaft angefordert hatte.

Von der Tür her stürmte sie zielgerichtet auf ihn zu, beugte sich zu ihm herunter und zischte: »Siggi und Erich wissen, wer der Komplize ist.«

»Ja?«

»Wir müssen sofort hinterher.« Sie packte ihn am Arm.

»Wie hinterher?«

»Die beiden sind schon zu seiner Wohnung unterwegs.«

»Damit ist jetzt endgültig Schluss. Von denen hat keiner mehr Zutritt zum Präsidium«, wetterte Walde, während er vor Gabi, Harry und Grabbe auf das leuchtend grün gestrichene Gebäude zurannte.

»Ob die das Regenbogenviertel gleich gefunden haben, ist fraglich.«

»Taxifahrer kennen die Adresse«, keuchte Grabbe. »Oder meinst du, sie haben den Bus genommen?«

Harry entdeckte als Erster den Namen auf der großen Klingelleiste. Als es auf sein Klingeln keine Reaktion gab, langte Gabi mit der flachen Hand auf das Brett. Gleichzeitig mit der ersten Stimme aus der Sprechanlage summte der Türöffner.

Die ersten beiden Stockwerke ließen sie aus. In der dritten Etage waren zwei Lampen der Flurbeleuchtung defekt. Grabbe und Harry wandten sich nach links, Gabi und Walde inspizierten auf beiden Seiten des Flurs die Namensschilder an den dicht aufeinander folgenden Türen. Auf der vorletzten Tür war ein Herz über das Türschild geklebt. Nebenan eine handtellergroße, nicht ganz exakt ausgeschnittene Forelle. Als Walde mit den Fingerkuppen über das Bild strich, gab die Tür nach. Von drinnen war ein Poltern zu hören. Er hatte keine Zeit, Rückschlüsse zu ziehen. Die Tür wurde aufgerissen, ein Mann stolperte geduckt aus der Tür, rammte ihn an der Hüfte, preschte über den Gang, kam aus dem Rhythmus und prallte auf die Fliesen. Gefolgt vom Durchladen der Pistole befahl Gabis Altstimme unmissverständlich: »Liegenbleiben, Pfoten hinter den Kopf.«

Während Harry dem regungslos am Boden liegenden Mann Handschellen anlegte und seine Taschen durchsuchte, sagte Walde zu seiner Kollegin: »Das war aber nicht die korrekte Aufforderung.«

»Hätte ich ihm damit drohen sollen, ihm sein Hirn wegzublasen?« Gabi rieb ihr Fußgelenk an der Stelle, mit der sie den Mann zu Fall gebracht hatte. »Bei solchen Typen verhält sich dieses Organ häufig entgegengesetzt proportional zur Muskelmasse. Spatzenhirne sind schwer zu tref…« Sie hielt inne und zog ihre Waffe wieder hervor, die sie eben in die Handtasche zurücklegen wollte. Auf Zehenspitzen näherte sie sich der offenen Wohnungstür. Walde folgte ihr. Gabi, die Pistole in der ausgestreckten Hand, machte einen Schritt in die Diele.

»Hände hoch!«

»Was zum Teufel soll …«

»Hände hoch, für euch gilt das Gleiche wie für den Typen da draußen.«

»Du wirst uns doch nicht …«

»Klappe, Siggi, das gilt auch für dich.« Nacheinander tastete sie die Männer ab. »Erich, Siggi, runter auf den Boden. Ich schieße auf alles, was weiter als vierzig Zentimeter über den Boden ragt.«

»Zum Teufel, zieh den Bauch ein, Siggi«, murmelte Erich.

»Wollt ihr nicht lieber mal da …«

»Tut mir bitte den Gefallen und haltet endlich mal den Mund«, fuhr Gabi die beiden an.

*

Von der Straße her war ein Martinshorn zu hören. Walde musste über die beiden am Boden liegenden Männer steigen, um in das Appartement zu gelangen. Eine Diele gab es nicht. Kochnische, Wohn- und Schlafraum befanden sich auf etwa zwanzig Quadratmetern. Auf dem fleckigen Teppichboden lag eine Sporttasche, als habe sie dort jemand beim Betreten des Raums abgestellt. Walde sah einen niedrigen Tisch, darauf eine leere Weinflasche und ein Glas mit einem getrockneten Weinrest, ein aufgeschlagenes Fernsehprogramm, eine Fernbedienung.

Es klingelte an der Wohnungstür. Gabi wechselte einige Worte an der Sprechanlage, während Walde auf dem Weg durch das Zimmer innehielt. Da lag jemand im Bett, mit dem Rücken zum Zimmer. Als Walde näher trat, konnte er dunkle Haare und Bartstoppeln auf den Wangen erkennen. Er berührte den Mann an der nackten Schulter. Die Haut war kalt.

»Du brauchst den Puls nicht mehr zu fühlen, der ist tot«, kam Siggis dunkle Stimme vom Boden.

»Warum hast du das nicht gleich gesagt?« Walde beugte sich weiter vor, um in das Gesicht des Mannes zu sehen.

»Ihr habt mich ja nicht ausreden lassen«, meckerte Siggi.

Die Augen des Toten waren geschlossen, was Walde dankbar zur Kenntnis nahm. Immer wieder hatte er bei Toten mit offenen Augen das Gefühl, aus einem tiefen inneren Reich des Todes beobachtet zu werden. Das war verrückt, aber er empfand es nun einmal so.

Vom Gang her waren schnelle Schritte zu hören.

»Der Notarzt ist da!«, rief Gabi, während ein Mann bereits über die beiden gefesselt am Boden liegenden Männer hinwegsetzte, als gehöre das zu seiner täglichen Routine.

»Ich glaube, Sie kommen umsonst.« Walde deutete auf den Toten.

Der Mann mit der reflektierenden Weste stellte seinen Notfallkoffer ab. »Vielleicht zu spät oder vergeblich, aber gewiss nicht umsonst, schließlich muss ich auch leben.«

»Sagen Sie mir Ihre Handynummer«, forderte Grabbe den am Boden liegenden Mann auf, als Walde auf den Flur kam.

Erstaunlicherweise hatte sich bisher niemand aus den übrigen Appartements blicken lassen.

»Er ist der Bruder des Toten«, wurde Walde von Harry informiert. »Er behauptet, den Notarzt gerufen zu haben.«

»Ich hab die Rufnummerunterdrückung aktiviert«, kam es vom Boden.

»Das haben wir gleich.« Harry rief bei der Notrufzentrale an und ließ sich die Nummer des Anrufers geben, der den Notarzt zum Regenbogenviertel bestellt hatte.

»Die Nummer stimmt«, bestätigte Harry, als er seine Zahlen mit denen auf Grabbes Notizblock abglich. »Egal ob Rufnummerunterdrückung oder sonst welche

Tricks. Die haben ein Gerät, das alle Nummern anzeigt. Anonyme Anrufe gibt es nicht. Es sei denn, man ruft aus einer öffentlichen Telefonzelle an und sucht anschließend das Weite. Apropos Weite, warum hatten Sie es eben so eilig?«

»Ich dacht', die wären zurückgekommen!« Der Mann wies mit dem Kopf zur offenen Appartementtür.

»Wer?«

»Die ... also die das gemacht haben ... mit meinem Bruder. Wir wollten seit langem mal wieder zusammen ins Studio ... was für die Muckis tun.« Er versuchte, den Brustkorb zu spannen. »Ich dacht, er hätt verschlafen.«

»Haben Sie einen Schlüssel zu seiner Wohnung?«

»Nee, zur Haustür bin ich gekommen, als gerade einer raus ist. Das Schloss an seiner Wohnungstür war aufgebrochen. Ich hab meinen Bruder im Bett gefunden, und dann sind die da reingekommen«, er schaute hoch zu Siggi und Erich, die gerade von Polizeibeamten aus dem Appartement geführt wurden. »Und ich wollte abhauen, weil ich gedacht hab, das wären die ... also die, die meinen Bruder auf dem Gewissen ham.«

*

Walde maß an Gabis bis auf den Filter heruntergerauchter Zigarette, dass sie bereits einige Minuten mit Erich und Siggi im Besprechungszimmer saß. Die beiden Männer starrten mit hängenden Köpfen auf die Tischplatte. Sie hatten nicht einmal ihre Rauchutensilien ausgepackt.

Erich war der Erste, der das Schweigen brach. In seiner Stimme schwang der trotzige Ton eines zu Unrecht gescholtenen Jungen mit. »Wie, zum Teufel, konnten wir ahnen, dass der Kerl tot im Bett liegt«, er presste die Lippen zusammen, schloss für einen Moment die Augen, seine Hand fuhr auf die linke Brustseite, »und der Täter uns, oder, wie man's nimmt, wir ihm in die Arme laufen.«

»Das Herz?«, fragte Walde.

»Nein, halb so schlimm, der Kerl hat nur versucht, mir die Rippen zu brechen, als er aus dem Appartement gestürmt ist. Nebenbei hat er Siggi ein blaues Auge verpasst.«

Walde schaute zu Siggi, der einen Ellenbogen aufgestützt und eine Hand an die Stirn gelegt hatte.

»Zum Teufel, zeig es ihm!«, forderte Erich.

»Nur ein Ellenbogencheck.« Siggis Stimme klang noch einen Tick belegter als üblich. »Immer noch besser, als ein Messer zwischen die Rippen zu kriegen.« Er bemühte sich nicht einmal, seine Worte für Erich ins Englische zu übersetzen. Sein linkes Auge war bis auf einen schmalen Schlitz zugeschwollen.

»Das war der Bruder des Opfers, den … ihr nicht aufhalten konntet«, sagte Gabi. »Der ist wahrscheinlich nicht an der Tat beteiligt gewesen. Ihr habt ihm einen gehörigen Schrecken eingejagt.«

»Aha. Sollen wir uns nun auch noch bei dem Kerl entschuldigen?«

»Wollt ihr Anzeige erstatten?«, fragte Gabi.

Siggi schüttelte den Kopf. »Hat Salvo gequatscht?«

»Ihr könnt froh sein, dass wir den Mann aufhalten konnten. Dazu wart ihr ja nicht in der Lage.« Gabi ging auf Siggis Frage nicht ein.

»Zum Teufel, ohne uns hättet ihr den Kerl noch gar nicht gefunden.« Erichs Hand zuckte erneut zur linken Brustseite.

»Hat der Teufel euch den Tipp gegeben?« Gabi drückte ihre Zigarette im Aschenbecher aus.

»Wir sind nochmal sämtliche Stundenzettel der Baufirma von der Domkapelle durchgegangen.«

»Das haben wir auch schon gemacht.«

»Ja, aber wir haben doch noch was rausgefunden. Der Kerl, den wir tot im Bett gefunden haben, der hat nur zwei Tage gearbeitet und ist dann einfach nicht mehr erschienen. Da er seinen Personalbogen noch nicht ausgefüllt hatte … Krankenkasse, Sozialversicherung, Berufsgenossenschaft, weiß der Teufel, wurde er nicht als Mitarbeiter geführt.« Erich zuckte mit den Schultern.

»Und warum hat das uns keiner erzählt.«

»Wir haben ja nicht einfach nur so gefragt, sondern haben uns mit den Leuten näher beschäftigt, sie aufgefordert, sich selbst ein paar Gedanken zu machen und siehe da, sie haben es getan.« Siggi versuchte ein Grinsen.

»Und da seid ihr einfach so, ohne uns zu informieren, auf eigene Kappe zu dem Typen gefahren.« Walde schüttelte den Kopf.

»Wir haben das erst als Routine angesehen, eine einfache Zeugenbefragung.«

»Zeugenbefragung ist ein gutes Stichwort«, sagte Gabi. »Gebt mir bitte mal eure richtigen Personalien.«

»Das können wir leider aus Gründen des …«

»Jetzt schlägt's aber dreizehn!« Gabi schlug so fest mit der flachen Hand auf den Tisch, dass der Aschenbecher hochflog und wieder auf die Platte krachte. »Ihr habt wohl nicht mehr alle Tassen im Schrank.« Sie stand auf und ging zur Tür. »Abführen, alle beide!« Sie instruierte die beiden Polizisten auf dem Gang.

»Das kannst du doch nicht machen!«, protestierte Siggi.

»Bringt sie nach dem Erkennungsdienst runter in die Zellen!«

»Was wirfst du uns vor, zum Teufel.«

»Lass endlich den Teufel aus dem Spiel, Erich. Fürs Erste Einbruch in Tateinheit mit Amtsanmaßung, Irreführung und Ermittlungsbehinderung. Das Weitere werden die Ermittlungen der nächsten achtundvierzig Stunden erbringen, bis wir euch dem Haftrichter vorführen lassen.«

»Spinnt ihr?«

Gabi ignorierte die Proteste und stöckelte über den Flur zu ihrem Büro. Walde hob die Schultern und blickte zu den beiden Männern hinüber, die jeweils von einem Uniformierten am Arm gepackt wurden.

*

»Du möchtest wirklich mitkommen?«, fragte Walde im Eingangsbereich des Krankenhauses.

»Alles eine Sache der Einstellung.« Grabbe machte einen völlig entspannten Eindruck.

»Kannst du mir verraten, warum du auf einmal freiwillig in die Pathologie mitkommst?«

»Autosuggestion.«

»Was?«

»Ich stelle mir vor, dass ich woanders bin. Zum Beispiel in ein Kaufhaus gehe und mir Socken kaufe.«

»Socken?« Walde drückte die Taste für den Fahrstuhl. »Aber, soviel ich weiß, hattest du allein Schwierigkeiten mit den Krankenhausgerüchen?«

»Im Moment sind wir in der Nähe der Cafeteria.« Grabbe ging an ihm vorbei in die Kabine. »Und jetzt fahren wir in die Fleischabteilung, wo gerade geputzt wird.«

»Tadellose Lunge, nur die Leber macht nicht mehr den besten Eindruck.« Der Pathologe stand neben der Bahre, auf der die mit einem Tuch zugedeckte Leiche lag.

»Alkohol?«, fragte Grabbe.

»Nein danke, ist für mich noch zu früh.«

»Ich meinte ihn da.« Grabbe deutete in Richtung Bahre, aber dann fiel ihm Hoffmanns Grinsen auf.

»Vielleicht hat seine Leber auch durch Medikamente … Anabolika oder so, gelitten?«

»Gut möglich, wenn ich mir die Muskulatur so ansehe …«

Walde war erleichtert, dass Hoffmann wieder zum Tagesgeschäft übergegangen war und die Einmischungen von Kay und Hanne nicht zur Sprache brachte. »Entschuldigt, diese Faktoren hätten vielleicht in ein paar Jahren ernsthaften Einfluss auf die Gesundheit des Opfers haben können, aber gestorben ist er doch an etwas anderem«, griff er ins Gespräch ein.

»In der Tat ist er das.« Hoffmann legte seine linke Hand ans Kinn, als überdenke er ernsthaft den Einwurf des Kriminalkommissars. Die Hand wanderte zum Kragen seines Kittels, den er anhob und prüfend betrachtete, während seine Augen leicht nach innen schielten.

»Übrigens, kennen Sie den?« Sein Blick streifte Walde und blieb schließlich an Grabbe hängen, der ihn erwartungsvoll ansah. »Was ist der rote Fleck auf dem Kittel eines Chirurgen?«

Grabbes Gesichtsfarbe wurde eine Spur blasser. »Blut?«

»Stimmt, und was ist ein gelber Fleck auf dem Kittel eines Urologen?«

»Urin«, stellte Grabbe fest.

»Und was ist dieser braune Fleck auf meinem Kittel?« Hoffmann zeigte auf die betreffende Stelle.

Grabbe verzog das Gesicht.

»Kaffee!«, Hoffmann lachte los und schlug mit der flachen Hand an Grabbes Oberarm, der einen Ausfallschritt machen musste, um sein Gleichgewicht zu halten. Dabei stützte er sich an einem Behandlungstisch ab. Angeekelt wischte er sich die Hand an der Hose ab, als wäre sie mit Gift in Berührung gekommen.

Walde wollte nicht einmal ein Grinsen gelingen.

»Ein Stich in den Herzbeutel ist eindeutig die Todesursache.« Hoffmann standen noch die Tränen in den Augen. »Die anderen Stiche trafen die Rippen und perforierten den linken Lungenflügel.«

»Haben Sie sonstige Verletzungen gefunden?«

»Nichts, was in das Zeitfenster der Messerstiche fällt.«

»Das heißt, der Täter hat die Tür aufgehebelt, während das Opfer schlief, ist zum Bett geschlichen und hat ihm das Messer ins Herz gerammt.« Grabbe schien sich wieder gefangen zu haben. »Hat das mit der Tür nicht ziemlich viel Krach gemacht, dass der Mann aufgewacht ist?«

»Er hatte eine Flasche Rotwein intus«, sagte Walde.

»Und noch ein wenig mehr. Sein Blutalkoholspiegel lag bei 1,9 Promille. Da brauchte der Täter auch nicht unbedingt zum Bett zu schleichen.«

»Laut Spurensuche ist der Fundort der Leiche gleichzeitig auch der Tatort. Er wurde ganz gezielt getötet«, sagte Grabbe. »Wer könnte dafür ein Motiv haben, außer seinem Komplizen?«

»Der da ist bestimmt der Kaufhausdetektiv.« Walde deutete auf einen Mann im Trainingsanzug mit Sonnenbrille, der neben dem riesigen Aschenbecher am Eingang des Krankenhauses stand.

»Nee, den kenn ich, der ist aus der Sportabteilung, sehr kompetent.«

»War der nicht früher in der Herrenbekleidung?«

»Ach, Mist!« Grabbe schlug sich an die Stirn. »Ich hab die Socken vergessen!«

*

Von seinem Büro rief Walde Doris im Atelier an. »Hallo, endlich erreiche ich dich!«

»War das ein Problem?« Doris' Tonfall verhieß nichts Gutes.

»Wir haben diesen Veit geschnappt.«

Als Doris nichts dazu sagte, fuhr er fort: »Das ist der Kerl, der in unserem Garten war.«

»Und in unserer Wohnung!«

»Jedenfalls bin ich froh, dass das vorbei ist.«

Doris gab keinen Ton von sich. Also berichtete Walde weiter: »Eine Streife hat ihn gestern Nachmittag geschnappt.«

»Und das sagst du mir erst jetzt, wo wir die Nacht bei Marie und Jo verbringen mussten. Annika hatte ihren Lieblingsteddy nicht dabei und konnte nicht einschlafen.«

»Dein Handy war gestern Abend ausgeschaltet.«

»Und Maries Telefon?«

»Besetzt.«

»Doch nicht den ganzen Abend. Außerdem wolltest du doch vorbeikommen.«

»Stimmt«, gab Walde zu. Dann kam ihm ein Gedanke. »Ich hatte was getrunken.«

»Schon wieder?«

»Wir haben immer noch Besuch von den Kollegen ... ich hab dir doch davon erzählt.«

»Ich hab dich vorgestern Nacht im Wohnzimmer auf der Couch gefunden, schnarchend wie ein Sägewerk und gerochen hast du ...«

»Ja?« Er hielt den Atem an und wartete darauf, dass sie auch den Parfümduft von Hanne ins Spiel brachte.

»Genauso riechst du und hörst dich an, wenn du zu lange mit Jo zusammen warst.«

»Was sollte ich denn machen?« Sein erleichtertes Ausatmen konnte auch als Seufzer gedeutet werden.

»Weniger trinken!«

»Was macht Annika?«

»Die vermisst ihren Vater.«

»Wo ist sie?«

»Hier bei mir im Atelier.«

»Ich komme vorbei.«

»Dann musst du dich beeilen, wir wollen nach Hause.« Doris' Stimme klang etwas weicher. Sie hatte noch nicht zum normalen Ton gefunden, aber es schwang kein Unheil mehr mit.

Fünf Minuten später öffnete Doris die Tür zu ihrem Atelier. Waldes Kuss landete auf ihrer Wange, als sie den Mund abwendete. Annika zupfte an seinen Hosenbeinen: »Papa, Papa, Arm!«

Er nahm sie hoch und drückte sie an sich. »Dann

bekommst du die Küsse für die Mama gleich mit.«

Sie schlang ihre Ärmchen um seinen Hals.

Doris war an ihren von zwei lediglich mit Jacken bekleideten Schaufensterpuppen eingerahmten Schreibtisch zurückgekehrt. Die Tastatur klapperte. Annika versuchte, ihre Fingerchen in Waldes Mund zu stecken. Er tat so, als wolle er danach schnappen. Das Kind kreischte vor Freude.

Aus dem Fenster sah er auf den Domfreihof. Die Absperrung vor dem Domeingang war weggeräumt worden. Besucher gingen ein und aus, vorbei an den beiden auf dem Pflaster neben dem Eingang sitzenden Bettlern. Hoch oben am Turm zeigte die Uhr über der goldenen Schrift *‚NESCITIS QUA HORA DOMINUS VENIET'*, dass es schon nach sechs war.

Ein Drucker surrte.

»Hast du frei?«, fragte Doris.

»Nicht daran zu denken, wir haben heute noch einen weiteren Toten gefunden. Aber ich habe das Gefühl, der Fall geht in die entscheidende Phase.«

»Du siehst schlecht aus.«

»Danke.« Walde sah zu, wie sich die Zeichnung einer Hose aus dem Drucker schob.

»Wie war die Präsentation bei den Verkehrsbetrieben?«

»Ganz gut, am Montag kriegen wir Bescheid. Die anderen sind alle schon ausgeflogen, ich erledige hier nur noch ein paar Kleinigkeiten. Hast du schon was gegessen?«

Walde überlegte. Seit dem Frühstück war dafür keine Zeit gewesen. Das Kind ballte die Hand zur Faust und rieb sich die Augen.

»Ich könnte drüben bei Uli ein Baguette holen, falls sie noch nicht ausverkauft sind. Möchtest du auch was?«

»Nein, danke, ich bin gleich fertig. Annika ist müde.«

Waldes Handy klingelte. Nichts schien ihm im Moment unpassender. Er hörte kurz zu, legte auf und sagte: »Sorry, ich muss leider wieder weg. Falls ich suspendiert werde, bin ich auch gleich zu Hause.«

*

Das Leder des Sofas fühlte sich kühl an. Als der Präsident zwei Whiskygläser zum Tisch brachte, warf Walde einen verstohlenen Blick auf Stiermanns Westernstiefel mit den winzigen silbernen Kappen an der Spitze.

Aus der Miene des Präsidenten war seine Stimmung nicht zu ergründen.

»Bevor ich es vergesse, Frau Wolff hat angerufen.« Stiermann sah Waldes fragenden Gesichtsausdruck und fügte hinzu: »Heike Wolff, vom BKA, sie wird morgen hier sein. Ist das für Sie ein Problem?«

»Noch eine Köchin mehr, die im Brei rühren möchte«, seufzte Walde.

»Ich finde, bei unserer Arbeit gilt eher das Sprichwort ‚Viele Hunde sind des Hasen Tod'.« Ein Lächeln huschte über Stiermanns Gesicht. Er prostete Walde zu.

»Solange es organisiert abläuft, habe ich nichts dagegen, aber wir können nicht jeden selbsternannten Hilfssheriff …«

»… ich vermute, Sie spielen auf unsere Besucher an, aber wir wollen nicht vergessen, welch große Hilfe sie geleistet haben, besonders Kay und Hanne haben sich da hervorgetan, und die Gastfreundschaft gebietet …«

»… bei allem Respekt«, unterbrach ihn Walde, »aber die Gastfreundschaft haben wir schon ein wenig zu weit getrieben. In keinem Land der Welt würden sich die Kollegen derart ins Handwerk pfuschen lassen.«

»Sie wissen, dass ich mich nie in die operative Arbeit einmische.« Sein Gegenüber nahm einen weiteren Schluck.

Walde nickte und versuchte gleichzeitig, diese Aussage zu überhören. Stiermann hatte weder die Ausbildung noch den Verstand, sich konstruktiv in die Ermittlungen einmischen zu können.

»Und Sie wissen, dass ich Ihre Arbeit sehr schätze«, fuhr der Präsident fort. »Aber wie Sie mit unseren ausländischen Gästen umgehen, das kann ich nicht dulden. Nicht nur, dass Sie Miss Scarpetta, die viel für uns getan hat, wissentlich falsch informieren …«

»Wollen *Sie* der Witwe erklären, warum sie die kopflose Leiche ihres Mannes beerdigen muss?«

»Aber das steht doch nicht zur Debatte.«

»Doch, das tut es. Kay ist vielleicht begabt und hat viele Talente, aber sie ist keine Medizinerin.«

»Dr. Scarpetta?«

»Dr. Shoemaker«, verbesserte Walde. »Nach meinen Informationen hat sie amerikanische Literatur studiert und sich vermutlich bei ihrer Promotion ausgiebig bei einem deutschen Kollegen bedient.«

Stiermann atmete tief durch und trank sein Glas leer.

»Auch wenn Ihre ungeheuerliche Behauptung stimmen sollte, schlägt das, was ich soeben gehört habe, dem Fass den Boden aus.«

»Was?«

»Wen Sie verhaftet …«

»… vorläufig festgenommen …«, versuchte Walde zu korrigieren.

»Mir wurde zugetragen, wer da bei uns im Haus in den Zellen hockt.«

Stiermanns Stiefel scharrten unruhig über den Boden.

»Da wissen Sie vielleicht mehr als ich, bevor die beiden nicht endlich mit ihren richtigen Namen herausrücken.«

»Aber darum geht es nicht.«

»Nein, es geht auch um Einbruch, Amtsanmaßung, Irreführung, Ermittlungsbehinderung …«

»Ja, ja, aber …«

»… ich bin der gleichen Meinung wie Sie, was Gastfreundschaft betrifft«, Walde hatte in so manchen Gefechten mit Doris gelernt zu spüren, wann Oberwasser erreicht war, »aber es gibt da auch Regeln, die von den Gästen eingehalten werden sollten. Wenn Sie Ihre Steuererklärung zufällig im Gästezimmer liegen haben, möchten Sie bestimmt auch nicht, dass Ihre Gäste diese für Sie ausfüllen.«

»Das gibt mir aber noch lange kein Recht, unsere Gäste zu verhaften.«

»Vorläufig festzunehmen, wohlgemerkt.« Walde griff nach seinem Glas. Wie bestellt, klingelte sein Telefon.

Stiermann schaute dermaßen genervt, dass Walde das Telefon abschaltete. Kurz darauf wurde die Tür geöffnet. Die Sekretärin des Polizeipräsidenten kam, mit einem Telefon wedelnd, herein: »Herr Bock, es scheint dringend zu sein.«

*

In dem bereits mit laufendem Motor vor dem Haupteingang stehenden Wagen warteten Harry, Gabi und Grabbe. Noch bevor Walde die Tür schließen konnte, fuhr Harry los.

»Unser Mann hat in Luxemburg seinen Leihwagen zurückgebracht«, berichtete Grabbe. »Eine Angestellte will ihn erkannt haben. Sie ist auf ihn aufmerksam geworden, weil er bei sommerlichen Temperaturen Handschuhe trug. Er soll keine Hornbrille mehr tragen und glatt rasiert sein.«

Als eine knappe Viertelstunde später die Grenzbrücke in Sicht kam, schaltete Harry das Blaulicht aus. Von hinten sah Walde, wie sich die Tachonadel nach unten gegen Hundert bewegte.

»Was ist los?«, fragte Gabi ungeduldig.

»Wir kommen zur Grenze«, sagte Harry.

»Lass stecken, wir brauchen keine Papiere.«

»Aber wir sind als deutsche Polizei in Luxemburg im Einsatz!«

»Ist das hier ein Streifenwagen?« Gabi klopfte gegen die Seitenscheibe.

»Nein.«

»Ist das eine Uniform?« Sie klopfte auf ihren Rock.

»Gewiss nicht.«

Sie passierten die ehemalige Zollanlage. Auf der anderen Seite stauten sich Lkws vor einer großen Tankstelle.

»Sind wir die Helden, die den Luxemburger Außenminister vor einem Attentat gerettet haben?«

Harry nickte. »Das sind wir!«

»Dann drück auf die Tube!«

Harry trat das Gaspedal durch und blieb auf der linken Fahrbahnseite. In Richtung Luxemburg waren wenige Fahrzeuge unterwegs. Auf der Gegenseite kam ihnen ein endloser Strom von deutschen Pendlern entgegen, die erst jetzt von ihren luxemburgischen Arbeitsplätzen zurückkehrten.

»Der Fingerabdruck auf dem Heiligen Nagel stammt eindeutig vom Toten aus dem Regenbogenviertel«, sagte Grabbe. »Beim Andreas-Tragaltar haben wir innen und außen nur Veits Fingerabdrücke gefunden, aber das Nagelreliquiar hat der Einsiedler aus Unkenntnis oder Ehrfurcht nicht geöffnet.«

Die untergegangene Sonne ließ das Wolkenband am Horizont rosarot leuchten.

»Und in seiner Wohnung?«, fragte Walde.

»Was meinst du?«

»Gibt es Übereinstimmungen mit dem Fingerabdruck von dem Lorbeerblatt aus der Kurie?«, fragte Walde.

»Negativ, aber wir haben Faserspuren gefunden, die mit denen vom Dachboden des Kutscherhauses übereinstimmen könnten.«

*

In der Nähe des Bahnhofs warf Bernard den Umschlag mit den Polaroids des Codex in einen Briefkasten. Auch wenn es bei diesen Temperaturen ungewöhnlich erscheinen mochte, trug er einen Handschuh, um keinen Fingerabdruck auf dem Kuvert zu hinterlassen.

Am Imbissstand aß er eine Wurst und trank ein Bier dazu. Anschließend setzte er sich in einem nahen Café an einen der hinteren Tische, wo er sich die meiste Zeit hinter einer Zeitung vor den Blicken der wenigen hier verkehrenden Gäste verbarg.

Bernard hatte noch viel Zeit, bis sein Zug ging. Bis Paris würde er fast sieben Stunden unterwegs sein. Der erste Zug am nächsten Morgen würde für die gleiche Strecke nur vier Stunden brauchen, aber Bernard musste weg. Das spürte er überdeutlich. In allen Zeitungen wurde, wenn auch in unterschiedlicher Gewichtung, von den neuesten Entwicklungen im Raub in der Trierer Domschatzkammer berichtet.

Unter den Lettern WIEDER AUFGETAUCHT zeigte ein großformatiges Farbfoto auf der Titelseite des *Luxemburger Wort* die juwelenbesetzte Goldplatte der Stirnseite des Andreas-Tragaltars. Der Bildtext verwies auf einen Artikel im Innenteil. Bernard schlug die entsprechende Seite auf. Er zuckte unmerklich zusammen, als er die Phantomzeichnungen sah.

*

Nachdem sie die ersten Banken und EU-Gebäude passiert hatten, fuhren sie über die Avenue John F. Kennedy in die Luxemburger Hauptstadt.

»Wo müssen wir genau hin?«, fragte Harry, während er gut fünfzig Stundenkilometer zu schnell eine auf Rot wechselnde Ampel passierte.

Grabbe warf einen Blick auf den Schreibblock, der zwischen Walde und ihm auf dem Sitz lag und schob ihn kopfschüttelnd Walde zu. »Sorry, Lesen während der Fahrt vertrage ich nicht.«

»Aber es ist doch nur eine Adresse!«

»Das mag sein, aber ...« Grabbe sah auf das Display seines klingelnden Handys. »Das sind die Luxemburger Kollegen.« Er setzte sich im Sitz auf und drückte den Empfangsknopf. »Deutsche Kriminalpolizei Trier, Kriminaloberkommissar Grabbe am Apparat.«

Seine Mitfahrer schüttelten die Köpfe.

»Oui, Monsieur Theis«, sagte Grabbe. »Oui ... d'accord ... cinq minutes, merci.« Er steckte das Handy wieder ein. »Das war unser Luxemburger Kollege Eric Theis. Er wollte wissen, wie lange wir noch brauchen. Die Autovermietung ist in der Avenue de la Gare.«

»Hast du wirklich alles richtig verstanden, was Monsieur Theis dir gesagt hat?«

»Warum sollte ich was falsch verstanden haben?«

»Seit wann sprichst du so gut Französisch?«

»Für den Hausgebrauch reicht es. Außerdem hat Kollege Theis Deutsch gesprochen, ich hab ihm aus Höflichkeit auf Französisch geantwortet.«

Wieder schüttelten die drei Mitfahrer die Köpfe.

*

Bernard hielt die Luxemburger Zeitung vor sich, ohne etwas zu registrieren. Wie ein Film liefen die wichtigsten Stationen der letzten Tage vor seinem inneren Auge ab. In der Luke des Gartenhauses erschien der Kopf des Gärtners...

Die Kellnerin starrte ihn an. Er hatte die Zeitung sinken lassen und den Kopf auf die Handfläche gestützt. Er bestellte einen Calvados und wunderte sich, wie schnell die Kellnerin damit an seinen Tisch zurückkam.

Bernards Kehle brannte, aber sobald er die Zeitung wieder vor sein Gesicht hielt, lief der Film weiter. Es war nicht geplant gewesen, dass sein Komplize nach dem Raub in sein Auto einstieg und damit Kenntnis von dem Wagentyp bekam und sich womöglich das Nummernschild merkte. Nach dem Coup im Dom wollte sich Bernard, wie abgesprochen, nach der Zahlung der zweiten Hälfte des Honorars von dem Mann trennen, der ihn noch tiefer in den Schlamassel hineingezogen hatte. Bernard hatte nicht vorhersehen können, dass sein Komplize die Domschatzkammer als Selbstbedienungsladen betrachten würde.

Bernard beherrschte bei weitem nicht die gesamte Klaviatur des Verbrechens. Autodiebstahl gehörte nicht zu seinen Fähigkeiten. Er hatte nach seiner Dissertation in Kunstgeschichte nur gelegentlich gejobbt und ab und zu eine Expertise zu dem ein oder anderen meist uninteressanten historischen Kunstwerk gefertigt. Dies reichte bei weitem nicht, seinen noch so bescheidenen Lebensunterhalt zu bestreiten. Irgendwann ließ er sich zu falschen Gutachten überreden. Von da an war es nur noch ein kleiner Schritt zum Kunstdiebstahl.

Erst ließ es sich gut an. Er knüpfte bald Kontakt zu einem Zwischenhändler, einem ehemaligen Warlord des Balkankriegs, der die Rückgabe an die Versicherungen organisierte.

Diese Beziehung hatte sich in den letzten beiden Jahren zum Bösen gewendet. War es der wachsende politische Druck, das enger werdende Netz der Fahnder, das sich um den Kriegsverbrecher und Chef einer skrupellosen Horde von serbischen Banditen spannte oder die immer zögerlicher werdende Taktik der Versicherungen? Bernard hatte seit zwei Jahren kein Geld mehr gesehen und war dennoch auf Gedeih und Verderb in den Händen seines eiskalten Hehlers.

Die Polaroids waren unterwegs. Es würde noch ein paar Monate dauern, dann bekäme er hoffentlich seinen dringend benötigten Anteil, längst nicht soviel wie die Versicherung letztlich bereit war zu zahlen. Im Gegenzug brauchte er nur noch den Schlüssel zum Depot abzuliefern. Dabei würde er den direkten Kontakt mit den Serben, die er inzwischen wie die Polizei fürchtete, vermeiden.

*

Ein hagerer Mann in einem schlecht geschnittenen Anzug winkte sie vor der Autovermietung an den Straßenrand.

Als Harry sein Fenster herunterließ, versuchte der Mann ein Lächeln: »Eric Theis, hallo.« Dabei kamen kleine spitze Zähne zum Vorschein. »Wir bringen den Mietwagen zur Untersuchung ins Präsidium. Am besten fahren Sie hinter uns her, es ist nicht weit.«

Nebenan war ein schwarzer *Audi* bereits auf einen Abschleppwagen verladen worden.

Sie folgten dem kleinen Wagenkonvoi ins nahe gelegene Präsidium, wo Eric Theis, nachdem er mit den Technikern gesprochen hatte, die Trierer Kollegen hoch in den fünften Stock geleitete. In einem gediegen eingerichteten Eckbüro nahmen sie in einer Sitzgruppe am Fenster Platz. Der Kollege entschuldigte sich und verließ das Büro. Walde sah aus einem der Fenster hinaus auf die Luxemburger Innenstadt mit der angestrahlten Kathedrale Notre-Dame.

»Ist das dahinten der Herzogspalast?«, fragte Gabi und blickte nach draußen.

»Gut möglich«, sagte Harry und schaute sich um. »Nette Bude hat der hier.« Er zeigte in den Raum. »Da würde Stiermann neidisch werden. Welche Funktion hat dieser Theis überhaupt?«

»Dass man in Luxemburg mit dieser schrecklichen Frisur und diesem Lenin-Spitzbart überhaupt Karriere machen kann?«, wunderte sich Gabi.

»Er ist vielleicht der Bruder des Polizeipräsidenten Jean-Marie Theis. Bei dem musste ich mich vor ein paar Jahren mal für eine verunglückte Aktion entschuldigen, aber das ...« Harry brach ab, als die Tür geöffnet wurde und Eric Theis ein Tablett mit Kaffeetassen und einer großen Kanne hereinbrachte.

»Die Dame in der Autovermietung meint, die Zielperson erkannt zu haben.«

»Wann war das?«, fragte Walde.

»Gegen neunzehn Uhr, kurz vor Ende der Geschäftszeit. Er soll in der Variante drei aufgetreten sein«, Theis deutete auf die entsprechende Phantomzeichnung auf dem Tisch, »ohne Brille und glatt rasiert.«

Ein Polizist in dunkelblauer Uniform brachte eine ovale Platte mit belegten Brötchen herein. Theis nahm sie entgegen und stellte sie vor seine Gäste auf den Tisch: »Bitte, greifen Sie zu!«

»Jetzt gilt es, herauszufinden, ob es sich wirklich um den Gesuchten handelt. Unsere Techniker untersuchen den Wagen mit Hochdruck.« Zwischen den langen Koteletten wirkten die dunklen Augen des Mannes wie die eines Raben. Sein Alter war schwer zu schätzen. Die straffe Gesichtshaut spannte sich über den hervortretenden Backenkochen. Zwischen Kinnbart und Hemdkragen baumelte die schlaffe Haut, grau wie eine verrauchte Kneipengardine.

»Und in der Zwischenzeit ist unser Mann über alle Berge«, sagte Gabi mit vollem Mund.

»Wir haben sofort die Fahndung verstärkt und auch die neueste Erkenntnis, was das Aussehen der Zielperson angeht, an alle relevanten Stellen weitergegeben. Vermutlich reist er mit dem Zug weiter. Die Autovermietung ist ganz in der Nähe des Bahnhofs.«

»Was ist mit dem Flughafen?«, fragte Harry.

»In Findel wird natürlich besonders gründlich kontrolliert, ist auch viel einfacher als auf dem Bahnhof.« Theis zog eine Schachtel Zigaretten aus der Jacke, ließ sie aber gleich wieder zurückgleiten. Seine Gäste waren noch mit den belegten Brötchen beschäftigt.

»Was ist mit den Bussen?«, fragte Harry.

»Die zu kontrollieren ist unmöglich. Viele Wege führen aus Luxemburg hinaus.«

Walde war noch längst nicht gesättigt. Er hatte den Eindruck, dass ihm selbst Ulis legendäre Baguettes noch nie so gut geschmeckt hatten wie diese Brötchen. Er trank einen Schluck Kaffee, bevor er zu sprechen begann: »Vermutlich handelt es sich um einen international operierenden Kunstdieb, der kaum im Umland der Stadt Luxemburg wohnhaft sein dürfte.«

»Vielleicht ist es ja nur falscher Alarm.« Gabi strich beim Aufstehen mit beiden Händen die Krümel von ihrem Rock und gesellte sich zu ihrem Gastgeber, der sich in dem weiträumigen Büro zum Rauchen an seinen Schreibtisch zurückgezogen hatte.

»Das werden wir bald wissen.«

*

»Darf ich Ihnen helfen?« Bernard deutete auf den großen Koffer, mit dem sich die ältere Dame auf den Stufen zum Bahnhofsgebäude abmühte. An der linken Hand führte sie einen etwa zehnjährigen Jungen, der einen länglichen Karton unter dem Arm trug. Der Junge wirkte übermüdet. Die Frau musterte Bernard mit kritischem Blick, als wolle sie abschätzen, ob der Fremde, der sie auf Französisch angesprochen hatte, es auf ihren Koffer abgesehen habe.

»Vielen Dank«, antwortete die Französin schließlich und stellte schwer atmend den Koffer ab.

Bernard versuchte, seine freundliche Miene beizubehalten, während er den Koffer anhob. Er war noch schwerer, als er befürchtet hatte. Erst jetzt bemerkte er, dass die Frau auf dem Rücken einen prall gefüllten Rucksack trug.

Bernard setzte seinen Trolley ab und zog den Schirm der Baseballkappe tiefer in die Stirn, bevor sie ins Bahnhofsgebäude eintraten. Er sah die beiden Polizisten, die diskret neben einer Säule standen und die Eintretenden beobachteten, bevor sie ihn wahrgenommen hatten. Zu dem Jungen gebeugt sagte er: »Was hast du denn da in dem großen Paket, doch nicht etwa ein Skateboard?«

Die Miene des Jungen hellte sich auf. »Doch, das hat mir Oma heute gekauft, weil ich im Flugzeug …«

Bernard lächelte den Jungen an, ohne ihm weiter zuzuhören. Sie hatten die beiden Polizisten passiert.

Eine weitere Hürde könnte sie am Ausgang zu den Bahnsteigen erwarten.

»Darf ich fragen, wo es hingeht?«

»Metz!«, antwortete die Frau, die ihre angespannte Miene noch nicht ganz verloren hatte.

»Einundzwanzig Uhr elf?«

»Genau.«

»Oh, das trifft sich gut, dann kann ich Ihnen den Koffer bis zum Zug bringen.«

Sie durchquerten die zugige Bahnhofshalle. Bernard verspürte ein Kribbeln in der Nase.

»Bist du so nett«, er hielt dem Jungen den Bügel seines Trolley hin. Sobald dieser die Hand seiner Großmutter losgelassen hatte und danach griff, zog Bernard ein Taschentuch aus der Hosentasche und fing damit einen Nieser auf. »Geht's?«, fragte er den Jungen, bevor er ein zweites Mal niesen musste.

»Klar.« Der Junge war aus seiner Lethargie erwacht. Seine Großmutter schien ebenfalls lockerer zu werden, seit die Besitzverhältnisse an den Koffern zwischen ihnen aufgeteilt waren. Bernard überließ ihr die Führung und folgte durch die Unterführung und dann hinauf zum Bahnsteig, wo der Zug bereits eingelaufen war.

Im ersten freien Abteil stellte Bernard den Koffer zwischen den Bänken neben der Tür ab. Die Frau löste die Gurte des Rucksacks. Er hielt ihn fest, während sie sich die Gurte über die Arme streifte.

»Vielen Dank, Sie haben uns sehr geholfen.«

»Und ich habe ihm geholfen«, sagte der Junge, während er den Trolley ins Abteil zog und den Karton auf einen der Sitze legte.

»Ich wünsche gute Fahrt!« Bernard griff nach dem Bügel seines Rollkoffers.

»Haben wir nicht den gleichen Weg?«, fragte die Frau.

»Ja, das stimmt.«

»Möchten Sie uns ein wenig Gesellschaft leisten?« Sie war stehen geblieben und schaute ihn freundlich an.

»Wenn ich Sie nicht störe?«

»Ganz und gar nicht.«

*

Eric Theis ließ ihnen den Vortritt, als sie den Fahrstuhl verließen. Auf dem Weg zur Werkstatt, wo die Technik erste Ergebnisse hatte, übernahm er wieder die Führung. Gabis Handy klingelte. Sie blieb hinter ihren Kollegen zurück.

»Es ist im Moment leider ein wenig unpassend, könnten Sie bitte später … ja? … wer?«

Sie rief den Davoneilenden nach: »Einen Moment, könntet ihr mal kurz … es gibt ein Problem an der Pforte in Trier.«

»Hat das nicht Zeit bis später?«, fragte Walde ungehalten. Jetzt, da die Technik endlich soweit war, wollte er keine Zeit verlieren.

Gabi reichte ihm den Hörer: »Bock?«

»Hallo, Herr Bock, hier an der Pforte sind zwei Herren, die sich nicht abweisen lassen und die Freilassung von Siggi Baumeister und Erich Van Veeteren verlangen.«

»Sind es Anwälte?«

»Ich glaube nicht. Ihre Namen sind …« Walde hörte, wie die Gegensprechanlage in der Personenschleuse betätigt wurde. »… sie heißen Kurt Wallander und Guido Brunetti … sie sagen, die Oper der Antikenfestspiele beginne in ein paar Minuten …«

»Okay, lasst die beiden laufen«, Walde seufzte, »aber Wallander und Brunetti dürfen auf keinen Fall ins Präsidium.«

Die Wagentüren, der Kofferraumdeckel und die Motorhaube des schwarzen *Audi* standen offen. Die beiden Vordersitze waren ausgebaut.

»Es gibt so gut wie keine Fingerabdrücke im Wageninnern«, erklärte einer der Techniker. Er sprach Deutsch mit einem Mix aus luxemburgischem und französischem Akzent.

»Keine Spur ist auch eine Spur«, sagte Gabi. »Dann hat jemand auch keine hinterlassen wollen.«

»Ich sagte, so gut wie keine.« Der Mann grinste. »Unter der Sonnenblende des Beifahrers haben wir am Lichtschalter einen brauchbaren Abdruck nehmen können.«

»Es wäre nicht schlecht, wenn wir mit dem aus der Trierer Kurie einen Abgleich machen könnten.« Harry hatte bereits sein Telefon in der Hand.

Nachdem er die Instruktionen weitergegeben hatte, hörte Walde ihn sagen: »Was? Siggi und Erich wollen noch in der Zelle ihr Schachspiel beenden? Das ist mir, ehrlich gesagt, total egal. Kümmern Sie sich bitte um das, worum ich Sie gebeten habe.«

*

Kaum war der Zug aus der Stadt heraus, flog die Landschaft am Fenster vorbei. Die beleuchteten Kühltürme eines Kernkraftwerkes spuckten riesige Dampfwolken aus, die sich zu einer in den Abendhimmel reichenden gekrümmten Wolke vereinigten.

»Das war Cattenom«, klärte die Dame den neben ihr am Fenster sitzenden Enkel auf. Bernard saß ihr gegenüber und beobachtete, wie der langsamer werdende Zug in einen Bahnhof einfuhr und hielt. Noch während seine Augen den Bahnsteig nach Zöllnern oder Polizisten absuchten, wurde die Abteiltür aufgeschoben.

Ein junger Mann in dunkelblauer Uniform und langen blonden Haaren, die ihm wie ein Vorhang übers Gesicht fielen, kam herein. Der Schaffner kontrollierte erst die Fahrkarten der Frau und des Jungen, dann betrachtete er Bernards Ticket durch einen Spalt zwischen seinen Haaren. Der junge Mann schaute Bernard an, der inzwischen die Baseballkappe abgenommen hatte.

*

Es dauerte nur wenige Minuten, bis der Fingerabdruck im Wagen mit den aus Trier übermittelten Daten verglichen war.

»Was wir in dem Mietwagen gefunden haben, ist eindeutig der Abdruck von Nummer zwei«, stellte Eric Theis fest.

»Bei Nummer zwei handelt es sich um den gestern ermordet aufgefundenen Räuber«, kommentierte Grabbe. »Das heißt, Nummer eins läuft hier irgendwo frei herum.«

»Falls der Abdruck auf dem Blatt aus dem Garten der Domkurie wirklich vom Räuber stammt und nicht von Professor Adams selbst«, sagte Harry.

»Der wird doch nicht in seinen eigenen Garten … sich dahin gehockt haben, aber sei's drum«, Grabbe schaute auf die Uhr, »Nummer eins hatte, seitdem er den Wagen abgegeben hat, mehr als zwei Stunden Zeit, um einen Abflug zu machen.«

»Falls Sie Findel meinen, dort sind nach neunzehn Uhr nur noch drei Maschinen gestartet. Nach Genf, Wien und Mailand.« Theis schien den Flugplan im Kopf zu haben. »Die letzte Passagiermaschine sollte vor etwa einer Stunde abfliegen. Ich höre mal am Flughafen nach.«

Nachdem er telefoniert hatte, erklärte Theis: »Es geht noch eine Maschine, die durch den Streik am Londoner Flughafen Heathrow drei Stunden Verspätung hat. Die Fluggäste der drei anderen Maschinen sind von den Kollegen überprüft worden. London wurde bereits abgefertigt, bevor die Zielperson den Wagen abgegeben hat.«

»Dann sollten wir uns auf den Bahnhof konzentrieren«, sagte Walde.

*

Den Nahverkehrszug hatte sich Bernard wegen der vielen Pendler ausgesucht. Die Direktverbindung nach Paris und Brüssel wurde sicher genauer kontrolliert als dieser Bummelzug, der alle paar Minuten einen Stopp einlegte.

Noch vor ein paar Stunden hatte sich Bernard auf ein Abendessen in Paris gefreut, mit dem er sich belohnen wollte. Aber es war anders gelaufen, als er es geplant hatte. Wie so manches in den letzten Tagen anders gelaufen war.

Bernard sah auf sein Spiegelbild im dunklen Abteilfenster. Würde ihn das Phantombild auch in französischen Zeitungen verfolgen?

In seiner Tasche fand er eine halbe Packung Kekse, die er den beiden Mitreisenden anbot. Der süße Geschmack erinnerte ihn an die langen Stunden, die er im Gartenhaus der Kurie zugebracht hatte. Als er sich mit dem Handrücken über den Mund wischte, fühlte sich seine Oberlippe ohne Schnurrbart nackt an.

*

Nachdem Eric Theis mit den Polizisten am Eingang des Bahnhofsgebäudes gesprochen hatte, trat er zu den deutschen Kollegen, die vor der Abfahrtstafel standen.

»Viele Wege führen aus Luxemburg«, wiederholte Grabbe den Ausspruch des Luxemburger Kommissars. »Brüssel, Trier, Metz, Saarburg, Longwy.« Er fuhr mit dem Zeigefinger am Glas entlang.

Sie traten beiseite, um Leuten Platz zu machen, die ebenfalls nach den Zugverbindungen sehen wollten.

»Komm, wir gehen schon mal rüber zu den Bahnsteigen«, forderte Gabi Harry auf. »Die paar Polizisten können unmöglich dafür garantieren, dass Nummer eins hier nicht durchschlüpft, obwohl die Rushhour schon vorbei ist.«

Während Walde und Grabbe ihnen nachschauten, sagte ihr Luxemburger Begleiter: »Ich glaube, die Verbindungen nach Longwy und Saarburg können wir ausschließen. Wenn die gesuchte Person die Bahn benutzt, wird sie sich keine Ziele in fünfzig Kilometern Umkreis aussuchen, um dann in der Provinz hängen zu bleiben.«

»Und nach Trier ist er gewiss auch nicht zurückgefahren«, stellte Grabbe fest. »Bleiben also nur Brüssel und Metz.« Er kehrte an die Abfahrtstafel zurück. »Zu beiden Zielen gehen ja eine Menge Züge! Der nächste nach Brüssel fährt in einer Viertelstunde ab, und zwanzig Minuten später wieder einer nach Metz.«

»Da sollten wir ein genaues Augenmerk drauf haben«, sagte Theis, trat an die Anzeigentafel und strich mit seinem nikotingelben Finger ebenfalls über das Glas.

»Es sind aber schon einige nach neunzehn Uhr in diese Richtung gegangen«, sagte Grabbe. »Und ganz auszuschließen ist es nicht, dass Nummer eins durch die Kontrollen geschlüpft ist. Da sind doch bestimmt überall Schaffner in den Zügen. Besteht vielleicht die Möglichkeit, denjenigen Zügen, die noch unterwegs sind, ein Foto zu übermitteln?«

»Wir können es ja mal in der Bahnhofsverwaltung versuchen.«

Walde und Grabbe beobachteten, wie Theis in einer Tür neben den Fahrkartenschaltern verschwand.

*

Bernard wachte vom Schleifen der Räder auf. Die Packung mit den Keksen rutschte von seinem Schoß. Für einen Augenblick wusste er nicht, ob er träumte. Draußen am Bahnsteig sausten die Konturen von Menschen vorbei. Der Zug kam zum Stehen. Die Türen wurden geöffnet. Er hörte Schritte auf den Metallstufen. Neue Fahrgäste kamen am Abteil vorbei, blickten herein, gingen allein oder zu zweit weiter, zogen Koffer, Tiere, Kinder hinter sich her.

Auf der Bank gegenüber schlief der Junge, an seine Großmutter gelehnt. Sie lächelte Bernard an. Das gleichmäßige Rollgeräusch ließ ihn erneut wegdösen.

*

Fünf Minuten später tauchte Theis wieder auf. Die Zeichnungen waren per Mail an die Züge geschickt worden. Das Zugpersonal sollte die Fahrgäste diskret beobachten, aber keinesfalls selbst die Initiative ergreifen.

»Falls der Verdächtige erkannt wird, kriegen wir umgehend Bescheid«, sagte Theis.

»Und dann?«, fragte Grabbe

»Ein Hubschrauber ist startbereit.«

Grabbe lachte kurz auf und konnte nach einem Blick in Theis' ernstes Gesicht sein Erschrecken nicht verbergen. »Da muss ich aber nicht mit, oder ..?«

*

Bernard schlug die Augen auf. Draußen zogen die Fabriken und Einkaufszentren der Vorstadt vorüber. Der Junge stand mit dem Paket unter dem Arm an der Abteiltür. Seine Großmutter lud sich im Sitzen den Rucksack auf. »Wir sind gleich in Metz.«

»Ich helfe Ihnen.« Bernard stand auf. Er schob die Abteiltür zur Seite und ließ dem Jungen den Vortritt auf den Gang, wo bereits weitere Reisende mit Gepäck

Richtung Ausgang unterwegs waren. Die Frau folgte ihm. Im Abteil blieb nur Bernards Trolley zurück.

Als sie die übrigen Fahrgäste auf dem Gang bemerkte, sagte die Frau: »Wir werden abgeholt, vielen Dank. Die paar Meter schaffe ich alleine.«

Bernard stellte den Koffer am Ende der Warteschlange ab, die sich an der Waggontür gebildet hatte und schob sich an der Französin vorbei, die ihm gute Reise wünschte.

In Metz stiegen mehr Fahrgäste zu, als Bernard erwartet hatte. In dem Moment, als zwei junge Männer mit sperrigen Taschen in sein Abteil traten, ging ein Rucken durch den Zug, als würden weitere Waggons angekoppelt. Es dauerte einige Minuten, bis der Zug den Bahnhof wieder verließ.

Die beiden jungen Männer hatten auf der Bank gegenüber von Bernard Platz genommen. Sie unterhielten sich über die an diesem Wochenende in der ersten französischen Liga anstehenden Fußballspiele. Ein Gemisch aus Rauch und Weinfahne breitete sich im Abteil aus.

Kaum hatte der Zug volle Geschwindigkeit aufgenommen, tauchte vor den Fenstern eine Häuserreihe auf, und der Zug lief bremsend in einen Bahnhof ein, um nach kurzem Stopp wieder loszufahren.

Bernard war erleichtert, als der Schaffner die Tür öffnete und frische Luft vom Gang ins Abteil drang. Nachdem der Zugbegleiter den beiden neu Zugestiegenen die Fahrkarten zurückgegeben hatte, verließ er das Abteil. Beim Zuschieben der Tür fiel sein flüchtiger Blick auf Bernard. Obwohl der größte Teil des Gesichts durch den Haarschleier verdeckt war, nahm Bernard den Schreck des Mannes in der blauen Uniform wahr, bevor dieser in Fahrtrichtung verschwand.

Bernard überlegte kurz. Nach zehn Sekunden stand er auf. Draußen im Gang war niemand zu sehen. Er folgte dem Schaffner, konnte ihn aber in den angrenzenden Abteilen nicht finden. Bevor er aus dem Zwischenraum in den nächsten Waggon wechselte, sah er an dessen Ende die blaue Uniform. Bernard lief los. Schon nach wenigen Metern musste er abrupt stehen bleiben, weil vor ihm ein Rollstuhl in den schmalen Gang geschoben wurde.

*

Der Hubschrauber landete keine zwei Minuten, nachdem Theis ihn angefordert hatte, auf dem Bahnhofsplatz, nicht weit vom Taxistand. Durch den Luftwirbel der Rotoren kämpften sich Walde, Gabi und der Luxemburger Polizist an die Maschine heran. Gabi und Walde nahmen auf den beiden hinteren Plätzen in der engen Glaskabine Platz, Theis setzte sich neben den Piloten. Kaum hatten sie sich angeschnallt und die Kopfhörer aufgesetzt, stieg die Maschine in rasantem Tempo auf. Walde schien es, als würde er mit einem Schleudersitz in die Höhe katapultiert – nur sein Magen blieb unten. Er legte eine Hand auf seinen Bauch, als müsse er ihn dort festhalten und schaute sich nach einer Spucktüte um.

Unter ihm entfernte die Erde sich so schnell, als würde sie in die Tiefe stürzen.

Die angestrahlte Festung über der Schlucht und dahinter die Lichter der Stadt verschwanden aus seinem Blick, als der Hubschrauber, nur noch langsam Höhe gewinnend, eine Kurve flog. Weiter ging es entlang der dunklen Schneise der Schienen, die aus dem Bahnhof hinausliefen. Wo sie sich verzweigten, flog der Hubschrauber über die Schleifen der Autobahn und dann hinein in den dunklen Himmel.

»Hoffentlich kommen wir keiner Maschine im Landeanflug auf Findel in die Quere!«, hörte er Gabi aus seinem Kopfhörer sprechen.

»Keine Bange!«, erwiderte eine Stimme, die Walde nicht gleich dem Piloten zuordnete. »Wir orientieren uns an der Autobahn. Falls die nicht mit einer Landebahn verwechselt wird, kann uns nichts passieren.«

»Sonst fliegen Sie doch einfach der Mosel entlang«, sagte Gabi.

»Aber die fließt, aus welchen Gründen auch immer, um Nancy herum, und da wollen Sie doch hin.«

Walde löste seine rechte Hand vom Bauch und legte sie auf die Sitzlehne. Die linke hielt noch die Spitze der Lehne umklammert.

Vor ihnen führte die Autobahn wie eine große nächtliche Lichterprozession in eine Stadt hinein, wurde von ihr geschluckt, um sich am anderen Ende wieder zu formieren.

*

Bernard war auf seinen Platz zurückgekehrt. Die beiden Männer waren immer noch in ihre Fachsimpeleien zum aktuellen Fußballgeschehen vertieft.

Der Zug durchpflügte die Dunkelheit. Über dem Rollgeräusch lag ein auf- und abschwellender Singsang. Für einen Moment glaubte Bernard, darin Sirenen von französischen Streifenwagen zu hören, die dem Zug hinterher jagten. Er fühlte sich gefangen. Wie lange würde es noch bis Nancy dauern? Seine Uhr zeigte zweiundzwanzig Uhr fünfundzwanzig. Hatte der Schaffner ihn wirklich erkannt? Wahrscheinlich sah er Gespenster.

Bernard ging wieder hinaus auf den Gang. Als der Zug bremste, musste er sich am Türgriff festhalten. Sekundenlang war er davon überzeugt, sie machten Halt auf freier Strecke, doch dann liefen sie in einen kleinen Bahnhof ein. Der Bahnsteig war leer, auch in dem kleinen Bahnhofsgebäude tat sich nichts. Die Türen öffneten sich. Niemand stieg ein, niemand aus. Sollte er hier aussteigen? Aber wie konnte er in so einem kleinen Kaff untertauchen? Die Türen schlossen sich, und der Zug nahm wieder Fahrt auf.

*

Die Schornsteine schienen wie riesige Finger aus dem Dunkel nach ihnen zu greifen. Der Hubschrauber überflog nun weiträumige Industrieanlagen. Die meisten waren, bis auf die Spitzen hoher Schlote und Masten, kaum beleuchtet.

Eric Theis hatte inzwischen mehrere Gespräche über Funk geführt, die Walde nicht auf seinem Kopfhörer empfangen konnte.

Jetzt meldete sich der Luxemburger über den Bordfunk: »Die Franzosen möchten den Zugriff erst in Nancy durchführen. Sie haben Bedenken, den Zug auf offener Strecke zu stoppen und dadurch womöglich eine Geiselnahme zu provozieren.«

»Falls er nichts bemerkt hat, ist das in Ordnung«, sagte Walde.

»Die französischen Kollegen werden in Nancy ein genügend großes Aufgebot haben, um die Gefahr für die anderen Reisenden so gering wie möglich zu halten. Dort endet der Zug. Die Zielperson muss aussteigen. Sie hat laut Schaffner ein Ticket für den Schnellzug nach Paris.« Theis fügte an. »Wenn es denn Nummer eins ist.«

Bernard stand am Fenster des Gangs. Seine Stirn lag auf dem an die Scheibe gestützten Unterarm. Er krümmte sich, als in die linke Seite seines Unterleibs ein plötzlicher Schmerz fuhr. Wie immer reagierte sein Verdauungssystem auf die Anspannung. Sein Körper signalisierte ihm deutlich die Gefahr. Hier stimmte etwas nicht! Der Schaffner war nicht wieder aufgetaucht. Vielleicht hatte er die Polizei informiert und diese bereitete eine Festnahme vor, indem sie irgendwo auf offener Strecke die Gleise umstellte und den Zug stoppte. Oder sie erwartete ihn im Bahnhof von Nancy.

Der Zug passierte eine große Fabrik mit einem beleuchteten Parkplatz, auf dem Hunderte Autos standen. Es folgten weitere Industriegebäude und etwas, das wie ein großes Einkaufszentrum aussah. Das musste bereits die Peripherie von Nancy sein. Bernard eilte ins Abteil zurück, wo die beiden Sportfreunde stinkende Zigarillos rauchten. Bernards Lächeln schien eher wie eine Drohung aufgefasst zu werden, denn die Männer setzten sich augenblicklich gerade hin und zogen ihre ausgestreckten Beine an den Körper heran, um Bernard Platz zu machen, der den Trolley zur Tür rollte.

Kaum war er aus dem Abteil, setzten bereits die Bremsen ein. Er hastete den Gang entlang, den auf einem Rad schlenkernden Trolley hinter sich herziehend und erreichte den Türkorridor, als der Zug die letzten Meter bis zum Stehen abbremste. Als Bernard hinausspähte, sah er nur wenige Leute auf dem Bahnsteig. Er betrachtete argwöhnisch jeden einzelnen von ihnen, ob es sich um einen Polizisten handeln könnte.

Im Gegensatz zu dem Regionalexpress hatte der Zug, der um 22.14 Uhr in Nancy abgefahren war, bis Metz keinen Zwischenstopp einzulegen. Der Lokführer hatte lediglich Anweisung, in vier auf der Strecke liegenden Bahnhöfen die Geschwindigkeit auf neunzig Kilometer zu senken.

Eigentlich hatten die beiden Polizisten genügend Zeit eingeplant, um den Zug um zweiundzwanzig Uhr fünfunddreißig zu erreichen, mit dem ihr Kollege vom Spätdienst aus Metz kam, um ihnen die begehrten Karten für das Lokalderby zwischen dem FC Metz und dem AS Nancy auszuhändigen. Keine zwei Stunden nach Beginn des Vorverkaufs waren alle Tickets restlos vergriffen gewesen.

Den betrunkenen Mofafahrer, der vom Markt kommend in die Rue Saint-Laurent einbog und dort frontal mit einem Renault Clio kollidierte, konnten sie allerdings nicht einfach liegen lassen. Bis der Notarzt kam und die Kollegen, die den Unfall aufnehmen sollten, endlich eintrafen, blieben den beiden Flics nur noch zwei Minuten, um den Zug zu erreichen.

An den bescheidenen Dimensionen der Gebäude und Bahnsteige erkannte Bernard, dass es sich keinesfalls um den Bahnhof von Nancy handeln konnte. Es musste ein Vorort sein, in den der Zug einlief. Sein Waggon kam gegenüber dem Bahnhofsschild zum Stehen. Zwei Polizisten eilten im Laufschritt herbei.

Bernards Blick wechselte von den beiden Uniformierten zum Schild darüber, auf dem ‚Pont-à-Mousson' stand. Die Türen öffneten sich. Als spüre er etwas in seinem Rücken, sah sich Bernard um. Ein Polizist stand hinter ihm im Gang in der kleinen Schlange der Wartenden. Er hielt einen Zettel hoch und gab den beiden Kollegen auf dem Bahnsteig ein Zeichen. Bernard blieb keine Zeit zum Nachdenken. Jemand drängelte hinter ihm. Er wich zur Seite aus, hastete zur gegenüberliegenden Tür, zog den Hebel, er gab nach. Er riss die Tür auf, schaute zurück. Die Leute waren stehen geblieben und starrten ihn an. Mit der linken Hand hielt er sich an der Tür fest, mit der rechten umklammerte er den Griff des Trolleys. Vor ihm war es stockdunkel. Bernard machte einen Schritt von der letzten Stufe hinunter auf den Schotter. Es war viel tiefer, als er gedacht hatte. Im Fallen ließ er das Gepäck los. Seinen rechten Fuß durchfuhr ein Schmerz, als sei er in ein Messer getreten. Irgendwie bekam er den Griff des Trolleys wieder zu fassen.

Zuerst konnte Bernard das Kreischen nicht einordnen. Als er aufschaute, sah er das Ungetüm mit blendendem Scheinwerfer auf sich zurasen. Er rappelte sich auf, schrie vor Schmerz und Panik, seine Füße rutschten auf dem Geröll weg. Er trat auf eine Schwelle, blieb an einer Schiene hängen, ließ den Koffer los.

Vor Pont-à-Mousson schaute der Lokführer des Schnellzugs Richtung Metz auf die Uhr: 22.38, genau wie im Plan vorgesehen. Er drosselte die Geschwindigkeit und hob die Hand zum Gruß an die Kollegen, als er die Lok des in Gegenrichtung im Bahnhof stehenden Regionalexpress passierte. Die Hand blieb in der Luft hängen, seine Kinnlade klappte nach unten. Er raste auf eine offen stehende Tür zu, aus der ein Mensch fiel. Eine Zehntelsekunde später betätigte er die Bremsen und stützte sich mit beiden Händen an den Armaturen ab. Die Fliehkräfte waren so gewaltig, dass er glaubte, alle Waggons schöben sich in seinen Rücken. Starr vor Schreck beobachtete er, wie sich der Mensch aufrappelte und versuchte, über die Schienen zu kommen.

Der Lokführer schloss reflexartig die Augen. Durch sein Schreien und das Kreischen des Zugs hörte er, wie etwas gegen die Lok schlug. Die tonnenschwere Maschine ruckelte, als sie über das Hindernis auf den Schienen hinwegrollte.

Es brauchte noch weitere zweihundert Meter, bis der Zug endlich zum Stillstand kam.

*

Zwei Beamte in Zivil hatten aus dem Bahnhofsgebäude heraus die Ankunft des Zuges beobachtet. Sie waren hier für den Fall, dass die Zielperson schon vor Nancy aussteigen sollte. Die beiden Männer konnten nicht mehr verhindern, dass die beiden uniformierten Kollegen in dem Moment auf den Bahnsteig liefen, als der Zug in Pont-à-Mousson einfuhr.

Durch die aufgeregten Schreie und das Kreischen der Notbremse des entgegenkommenden Zuges aufgeschreckt, rannten sie nun ebenfalls auf den Bahnsteig.

Auf Höhe der Waggontür, wo sich das Geschehen ereignet hatte, mussten sie sich durch eine Menschentraube zwängen. Es dauerte eine Weile, bis die uniformierten Kollegen ihnen, obwohl sie Augenzeugen waren, brauchbare Auskünfte geben konnten. Sie standen unter Schock, wie viele der Reisenden, die teils wild gestikulierend miteinander sprachen, teils stumm auf einer Bank auf dem Bahnsteig saßen.

Die beiden Beamten in Zivil waren sichtlich erleichtert, als der Rettungswagen und bald darauf weitere Kollegen eintrafen.

*

Der Hubschrauber kreiste über Pont-à-Mousson. Walde sah auf den Gleisen die beiden nebeneinander stehenden Züge. Die vielen Fahrzeuge um den Bahnhof ließen keinen Platz für eine Landung. Sie flogen weiter Richtung Mosel. Schließlich setzte der Helikopter auf eine freie Fläche auf, die sich nach dem Aussteigen als eine Art Marktplatz herausstellte.

Eric Theis, Gabi und Walde mussten zu Fuß weiter. Auf dem Weg zum Bahnhof wurden sie von Schaulustigen begleitet, die durch die Sirenen der immer noch eintreffenden Einsatzfahrzeuge angelockt wurden.

Am Bahnhof angelangt, überließen es Walde und Gabi Erik Theis, den Kontakt zu den französischen Kollegen herzustellen. Es dauerte mehr als zwanzig Minuten, bis er mit der Nachricht zurückkam, dass lediglich ein zerfetzter Koffer gefunden worden war. Der gesamte Gleiskörper werde nochmals abgesucht und alle Fahrgäste der beiden Züge kontrolliert, um sicherzugehen, dass die Zielperson das Durcheinander nicht dazu genutzt hatte, sich unter die Passagiere des in Gegenrichtung fahrenden Zuges zu mischen.

»Das heißt, unser Mann hat über eine halbe Stunde Vorsprung«, stellte Gabi fest. »Das darf doch nicht wahr sein.«

»Die Fahndung läuft, der Ort wird durchkämmt, Straßensperren werden errichtet, er kann noch nicht weit weg sein.«

*

Monique Wèber hatte bis in die späten Abendstunden an den Monatsrechnungen für die Dauerkundschaft ihres Reinigungsunternehmens gesessen. Obwohl morgen Samstag war und die meisten Firmen die Post erst wieder am Montag bearbeiten würden, wollte sie die Briefe jetzt noch auf den Weg bringen.

Sie parkte auf der gegenüberliegenden Straßenseite des Briefkastens in der Rue Victor Hugo, der zum letzten Mal für den heutigen Tag um dreiundzwanzig Uhr geleert wurde. Als sie ausstieg, achtete sie darauf, dass die hohen Absätze ihrer Stöckelschuhe nicht den Halt auf dem glitschigen Pflaster verloren. Bevor sie die Straße überqueren konnte, musste sie einen mit hoher Geschwindigkeit heranbrausenden Rettungswagen passieren lassen. Sie schob die Briefumschläge unter die Jacke, um sie vor dem stärker werdenden Regen zu schützen. Erst kurz vor dem Kasten nahm sie sie wieder hervor und kontrollierte beim Einwerfen, ob sie alle Briefe frankiert hatte.

Als sie sich umdrehte, um zurück zu ihrem Wagen zu gehen, musste sie zweimal hinschauen, um glauben zu können, was sie sah. Ihr neuer Peugeot 407 Kombi, für den sie vor wenigen Tagen die erste Rate bezahlt hatte, war weg.

*

Die Meldung über den in den späten Abendstunden in Pont-à-Mousson gestohlenen Wagen drang erst spät zur Einsatzleitung der Fahndung durch. Während das größte Tohuwabohu am Bahnhof herrschte, hatte Monique Wèber in der Aufregung ihr Handy nicht finden können. Von der Wohnung einer hilfsbereiten Anwohnerin hatte sie versucht, die Polizei zu erreichen. Nachdem die Leitung ständig besetzt war, brachte diese die Geschädigte schließlich zur Polizei, wo die durchnässte Geschäftsfrau eine Dreiviertelstunde warten musste, bis sie den Diebstahl endlich anzeigen konnte.

*

Um ein Haar hätte Bernard Benzin statt Diesel gewählt, als er auf einer Autobahntankstelle in der Nähe von Saarbrücken den Peugeot betankte.

Kurz nach Mitternacht entsorgte er auf einem einsamen Parkplatz die Leiter vom Dachgepäckträger und dazu die Kanister mit Reinigungsflüssigkeiten und das meiste Werkzeug, das noch hinten im Kombi lag. Soweit er in dem schwachen Licht erkennen konnte, blieben an den Stellen, an denen er die weißen Folien mit der Beschriftung der Firma Wèber vom dunkelblauen Auto abzog, keine nennenswerten Farbunterschiede im Lack zurück. Nur an der Heckscheibe hatten die Fäden der Heizung gelitten. Eine halbe Stunde später schraubte er im Gewerbegebiet Saarbrücken-Ensweiler neben einer Druckerei zwei Saarbrücker Kennzeichen von einem alten Peugeot Kombi ab und tauschte sie an Ort und Stelle gegen die französischen Kennzeichen aus. Der Diebstahl würde vor Montag wahrscheinlich nicht auffallen, und solange brauchte er den Wagen sowieso nicht.

Samstag

»Telefon für dich.«

Die Stimme schien von weit her zu kommen. Walde schlug die Augen auf. Die Uhr auf dem Nachttisch zeigte kurz vor zwölf.

Doris legte ihm den Hörer aufs Kopfkissen. Er tastete danach und hielt ihn sich ans Ohr: »Ja?«

»Bist du krank?«, fragte Monika.

»Warum?«

»Du hörst dich so an.«

»Das weiß ich erst, wenn ich wach bin.« Walde fuhr sich über die kratzenden Bartstoppeln am Kinn.

»Nummer eins wurde soeben im Norden auf einem Parkplatz an der A7 in seinem Wagen schlafend aufgefunden. Er hatte übersehen, dass das eingeschaltete Handy von Madame Wèber im Handschuhfach lag, mit dem seine Fluchtroute verfolgt werden konnte.« Monika spulte die Information wie eine Nachrichtensprecherin herunter. »Als sich der Wagen mit dem Handy im Fahndungsraster nicht mehr fortbewegte, wurde die Polizei auf einem Parkplatz bei Rendsburg fündig. Er leistete keinen Widerstand. Die Aktion wurde vom BKA geleitet.«

»Danke.« Walde hörte Geklapper aus der Küche und das Trappeln von Annikas Füßen. Er schlief augenblicklich wieder ein.

Montag

Am Nachmittag war Bernard ins Präsidium gebracht worden. Er hinkte leicht, als er ins Verhörzimmer geführt wurde. Dort wartete Walde bereits mit Heike Wolff. Die BKA-Beamtin war nicht nur maßgeblich an der Verhaftung des Täters beteiligt gewesen, sondern hatte am Morgen zusammen mit Eric Theis aus dem Schließfach einer Luxemburger Bank, zu der sie der beim Täter sichergestellte Schlüssel geführt hatte, den unversehrten Egbert-Codex geborgen.

Walde fühlte weder Triumph noch Genugtuung, als Bernard mit gesenktem Blick zwischen zwei Polizeibeamten in den Raum schlurfte. Sosehr er vorher zu ergründen versucht hatte, um welchen Menschen es sich bei Nummer eins handeln könnte, so wenig interessierte es Walde nun, die Person leibhaftig vor sich zu sehen.

Walde überließ Heike Wolff das Wort.

Sie konfrontierte Bernard, der Zigaretten und Getränke ablehnte, mit einer Reihe von Fakten, die Grundlage für seinen Haftbefehl waren. Lediglich als sie Bernard mitteilte, dass sein Fingerabdruck mit dem auf einem im Kuriengarten gefundenen Blatt übereinstimme, sah Walde eine Spur von Überraschung im Blick des Festgenommenen.

Bernard machte weiterhin von seinem Aussageverweigerungsrecht Gebrauch, nicht einmal zu seinen Personalien gab er Auskunft. Sein Anwalt sollte erst am nächsten Tag eintreffen.

In ihrem Büro saßen Gabi und Grabbe stumm vor ihren Rechnern.

Walde blieb unschlüssig in der Tür stehen. »Hallo, sind alle IPA-Gäste abgereist?«

»Du kannst deine Englischbücher wieder in die Kiste mit den Mottenkugeln und den Präservativen legen.« Gabi blickte nicht von ihrem Solitärspiel auf.

»Wie bitte?«

»Das hat mir Hanne Wilhelmsen gestern kurz vor der Abreise auf dem Trierer Hauptbahnhof mitgeteilt.«

»Wie bitte?«, wiederholte Walde.

»Vielleicht hättest du noch einen weiteren Tag im Bett bleiben sollen? So ganz bei Verstand scheinst du heute noch nicht zu sein.«

»Die meisten haben noch zwei Tage angehängt und sind erst gestern abgereist«, meldete sich Grabbe zu Wort. »Ich hab gleich heute früh schon eine Mail von Siggi Baumeister gekriegt, in der er sich über das gelungene IPA-Treffen ausgelassen hat.«

»Kein Wort zur Inhaftierung?«

»Ganz im Gegenteil, er hat sich besonders für die Praxisnähe bedankt. Übrigens waren unsere beiden italienischen Freunde der Auslöser für die Tarnnamen. Guido Brunetti soll in Palermo arbeiten und Gabis Sizilianer Salvatore Montalbano in Verona.«

»Aha.« Waldes kurzer Bemerkung war anzuhören, dass er nichts verstanden hatte.

»Was wäre das ein schönes IPA-Treffen geworden, wenn das mit dem Codex eine Woche später gelaufen wäre.« Gabi starrte weiter auf das Solitärspiel auf ihrem Monitor.

»Das musst ausgerechnet du sagen«, protestierte Grabbe, der nebenan am Rechner saß. »Du hast jeden Abend und wohl meistens bis in die Nacht gefeiert, einen netten Mann kennen gelernt, hast dich verliebt, was wolltest du denn noch mehr?«

»Urlaub nehmen.«

»Aber dann hättest du Salvo doch gar nicht kennen gelernt?«

»Du mit deiner blöden Bullenlogik.«

*

»Soll sich der Egbert immer noch melden?«, fragte Walde ins Telefon. Er hatte die Füße auf seinen Schreibtisch gelegt und beobachtete aus dem Bürofenster die Schwalben, die den Turm der Pauluskirche umkreisten.

Keine Antwort.

»Gilt der Aufruf noch?«, hakte Walde nach.

»Herr Kommissar Bock?«

»Ja?«

»Also, das tut mir Leid, das mit der Anzeige in der Zeitung, ich hab ja gesehen, welche Mühe sie sich gegeben haben …«

»… Herr Adams«, unterbrach Walde. »Ich wollte nur wissen, ob sie noch am Codex interessiert sind.«

»Ich verstehe nicht.«

»Dann schlage ich vor, Sie stellen einen guten Wein kalt und wir kommen in einer Stunde vorbei.«

»Wie soll ich das verstehen?«

»Genauso, wie ich es gesagt habe, oder kommt es Ihnen in einer Stunde ungelegen?«

»Nein, nein …«

»Gut, dann bis später.« Walde legte auf und sah noch eine Weile den Schwalben zu, bis Gabi, Grabbe und Harry ins Zimmer kamen.

»Wie sollen wir den Codex zurückbringen? Als Prozession oder im Autokorso?«

... die Moselkrimis

AKTE MOSEL

Kommissar Walde sieht alarmierende Anzeichen dafür, dass ein Psychopath, der vor Jahren die kleine Nicole tötete, wieder aktiv wird. Besteht eine Verbindung zu dem längst abgelegten Fall »Akte Mosel« oder jagt er ein Phantom?

Roman, 288 Seiten
ISBN 3-924 631-90-5, € 8,90

SOKO MOSEL

Mysteriöse Drohungen, hochgradig vergiftete Zigaretten, der Chef der Wachmannschaft verschwindet – ein Zigarettenkonzern wird im großen Stil erpresst. Geht es um Geld oder steckt Rache dahinter?

Roman, 222 Seiten
ISBN 3-924 631-99-9, € 8,90

ENDSTATION MOSEL

Ein Frachter rammt die Moselbrücke bei Mehring und sinkt. Kommissar Walde macht im Rumpf des Wracks eine grausige Entdeckung – fünf illegale Einwanderer waren in einen Container eingesperrt. Die Spur führt zu einer Klinik in die Eifel.

Roman, 240 Seiten
ISBN 3-935 281-02-1, € 8,90

TATORT MOSEL

Ein Promi aus der Trierer Geschäftswelt liegt ermordet auf der Moselinsel unter der Kaiser-Wilhelm-Brücke. Kommissar Walde und seine Kollegin Gabi stoßen bei ihren Ermittlungen auf einen Sumpf aus Korruption und Vetternwirtschaft.

Roman, 278 Seiten
ISBN 3-935 281-08-0, € 8,90

INKASSO MOSEL

Eigentlich hat Kommissar Walde Urlaub. Doch der Mord an einer Studentin macht ihm einen Strich durch seine persönlichen Planungen. Sie war die Freundin eines windigen Immobilienhais und die Tochter eines angesehenen Trierer Richters, der bald darauf in einen Justizskandal verwickelt wird ...

Roman, 256 Seiten
ISBN 3-935 281-21-8, € 8,90

MARATHON MOSEL

Die Verantwortlichen haben die Drohung bis zuletzt nicht ernst genommen. Jetzt ist keine Evakuierung der Großveranstaltung in der Trierer Innenstadt mehr möglich. Ein terroristischer Anschlag steht unmittelbar bevor. Ein nervenzerreißender Wettlauf mit der Zeit beginnt.

Roman, 256 Seiten
ISBN 3-935 281-31-5, € 8,90